T0361459

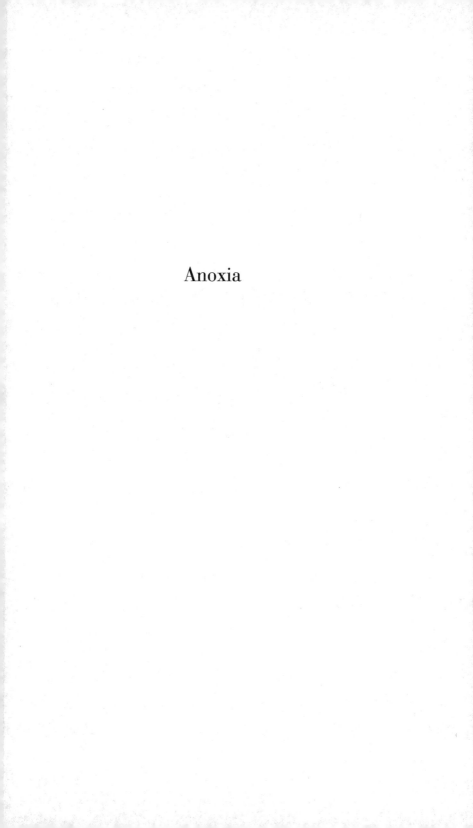

Anoxia

Miguel Ángel Hernández

Anoxia

EDITORIAL ANAGRAMA
BARCELONA

Ilustración: © Photos from past to future Unplash

Primera edición: enero 2023

Diseño de la colección: Julio Vivas y Estudio A

© Miguel Ángel Hernández, 2023
  CASANOVAS & LYNCH, AGENCIA LITERARIA, S. L.
  info@casanovaslynch.com

© EDITORIAL ANAGRAMA, S. A., 2023
  Pau Claris, 172
  08037 Barcelona

ISBN: 978-84-339-0166-8
Depósito Legal: B. 19938-2022

Printed in Spain

Romanyà Valls, S. A., Sant Joan Baptista, 35
08789 La Torre de Claramunt

Para Raquel, siempre en este lado

A veces me he preguntado si la eternidad, después de todo, no será más que la infinita prolongación del momento de la muerte.

GRAHAM GREENE

I. La imagen última

1

Al difunto trata de mirarlo solo por el visor. Lo tiene delante de ella, pero sus ojos se fijan en la imagen que se forma a través del objetivo: el brillo de la madera cobriza del ataúd, las manos huesudas entrelazadas sobre el pecho, el anillo dorado en el dedo corazón, el traje gris marengo, la camisa blanca flamante, la corbata negra de rayas plateadas y el rostro sin vida. El tono pálido de la piel, la superficie marmórea que refleja la luz y la obliga a mover varias veces la cámara hasta encontrar el ángulo perfecto.

El frío de la pequeña sala del tanatorio eriza el cuerpo robusto de Dolores. Debería haber traído algo de abrigo, al menos un pañuelo para cubrir sus hombros y compensar la ligereza de la blusa de seda. No lo ha pensado antes de salir de casa y ahora se arrepiente. El aluminio del trípode se ha enfriado nada más entrar y el cuerpo de la cámara es ahora un témpano de hielo. Lo nota al apoyar la mejilla para comprobar la imagen por el visor metálico. Al final ha traído consigo la Nikon F4. Tiene más de veinte años y pesa como un yunque, pero se siente a gusto con ella. Además, era la preferida de Luis. Por alguna razón, también esto ha influido en su elección.

En la habitación no está sola. La hija del difunto, vestida de negro riguroso, la acompaña en silencio. No debe de ser mucho mayor que ella. Sesenta, tal vez. Dolores percibe su mirada inquisitiva en cada pequeña acción. Pero prefiere estar vigilada a quedarse a solas con el cuerpo.

Se mueve en silencio, con lentitud y respeto. Pide permiso sin apenas levantar la voz para mover las flores y despejar el campo de visión. Ladea las coronas y sitúa el trípode a la distancia justa. Trata de ser rápida y centrarse en lo que hace. Es consciente de habitar un tiempo prestado e interrumpir un duelo. Por eso cada leve movimiento, cada mínima pulsación del disparador, le hace pensar en la incomodidad de la mujer que no deja de escudriñarla. La misma contrariedad que le ha manifestado nada más entrar:

—Lo respeto porque era la voluntad de mi padre —le ha dicho con tono seco y gesto agrio antes de que el operario abriera la sala de exposición del cadáver—. Pero todo este delirio es cosa del anciano loco ese. Por favor, dese prisa y váyase pronto de aquí.

El anciano loco ese. Las palabras de la mujer le han puesto imagen —aunque sea imprecisa— a la voz que está en el origen de todo. La llamada telefónica. Ayer, a última hora de la tarde. El tono grave y el acento que no supo identificar. Y, sobre todo, el encargo —mejor, el ruego—, el más insólito de todos los que ha recibido en su vida de fotógrafa.

—Mi amigo ha muerto —dijo la voz—. Le prometí una última fotografía.

Durante unos segundos, Dolores no supo cómo reaccionar. ¿La foto de un difunto? ¿Qué tipo de broma era esa? Pero el tono del requerimiento no dejaba espacio a la duda. El hombre hablaba en serio. Había previsto hacerlo él mismo, le dijo, pero se encontraba inmovilizado por un accidente doméstico. Le pagaría lo que hiciera falta. Además, no sería excesivamente complicado: varias tomas del cuerpo, las que ella decidiera, y siempre en blanco y negro. Si pudiera cargar la cámara con un Tri-X 400, sería perfecto. El grano no es excesivo y la sensibilidad es suficiente para un espacio poco iluminado. El único problema, insistió, era la urgencia. Debía llegar temprano al tanatorio. Antes del entierro. A la mañana siguiente.

Después de colgar necesitó unos minutos para pensar. Hacía años que no utilizaba carretes en blanco y negro. Afortunadamente, aún conservaba algunos en las estanterías del almacén. Si no estaban demasiado caducados, podría utilizarlos. Pero nunca había hecho nada parecido. Con Luis había realizado todo tipo de reportajes. Bautizos, bodas, comuniones, celebraciones de toda índole. Incluso una vez documentó un accidente de tráfico a petición de la policía local. Pero un difunto…, nunca había fotografiado «algo» así.

Por eso todavía no tiene claro por qué la tarde de ayer contestó que sí. Es posible que fuera el tono de la voz, la necesidad, más una súplica que un encargo. O tal vez fuera porque, por primera vez en mucho tiempo, presintió que podía ser útil y que la fotografía adquiría sentido de nuevo. O quizá solo fuese el azar; que dijo sí como podía haber dicho no. Aunque presume que debajo de todo se esconde alguna razón. Una que todavía no sabe cómo formular, pero que tiene la culpa de que ella esté ahí ahora, en el tanatorio del pueblo, ante el cadáver de un desconocido, observando con atención su rostro a través del visor de la cámara de metal, tratando de concentrarse en lo que hace, sintiendo en su cuello la mirada impaciente de la mujer enlutada, con el frío dentro del cuerpo y la piel de los brazos erizada.

Al salir del edificio, la recibe el bochorno de principios de agosto. Su cuerpo agradece el calor. Permanece unos segundos en la puerta, amparada por la sombra de los muros de ladrillo rojizo del tanatorio. Otra nave más del polígono industrial, en las afueras del pueblo. A lo lejos, el mar. Siente la brisa, el leve aroma a sal. Intenta sin éxito que llene sus pulmones y recicle el indigesto perfume a flores y asepsia que ahora la habita por dentro.

Mientras trata de respirar, advierte la mirada de algunos rostros conocidos. Se ha fijado en ellos al entrar. Pero prefiere no acercarse, no preguntar. No quiere saber nada de la persona a la que ha fotografiado. No es su dolor. No le incumbe. No en este momento.

Camina hacia el Corsa blanco y deja el trípode y la cámara en el asiento de atrás. Se desplaza como una autómata, intentando también no pensar en otros tanatorios, en otra época, en otras muertes.

Antes de arrancar, se cerciora por el retrovisor de que no haya ningún coche detrás del suyo. La observan desde ahí los surcos y las manchas de su piel, los párpados caídos, los rizos grises de su cabello sin teñir. En unos meses cumplirá cincuenta y nueve, pero su rostro acumula varias vidas. La última década cuenta al menos por tres.

Aunque trata de no mirar hacia el asiento de al lado, intuye allí el vacío oscuro, la oquedad que desde hace un tiempo la acompaña. Hoy es densa y nubla el espacio. También consume el aire a su alrededor. Tiene que bajar la ventanilla y asomar la cabeza para respirar.

En su mente resuenan las palabras de la hija del difunto.

El anciano loco ese, no cesa de pensar.

La vieja loca esta, dice para sí.

2

Sigue preguntándose por qué ha aceptado el encargo cuando, con cuidado para no dañarse la espalda, sube la persiana y empuja la puerta de la tienda. No se ha dado prisa en llegar. Son ya más de las once y sabe que, con toda probabilidad, esta mañana no habrá perdido un solo cliente. Hace tiempo que la tienda, o el estudio, como ella prefiere llamarlo, no es lo que era. Pocos son los que se acercan a comprar carretes o a revelarlos, ni siquiera a imprimir fotos en digital –ese negocio nunca terminó de funcionar–. Unos cuantos nostálgicos. Últimamente, ni siquiera fotos de carné. Todo puede hacerse ya desde casa. Quizá por eso también han ido desapareciendo los encargos de celebraciones. Todo el mundo tiene ahora una cámara en el móvil. Y, por supuesto, todo el mundo se cree fotógrafo.

«Ciérralo ya. No te hace falta para vivir.» Se lo repite una y otra vez Teresa, la hermana de Luis. Y lo cierto es que no le falta razón. Con lo que saca del alquiler veraniego de la casa que heredó de sus padres y los ahorros de estos años tiene para llegar a fin de mes y pagar la carrera de Iván. No le sobra demasiado, pero lo sabe administrar. Una casa en segunda línea de playa, tres dormitorios y un pequeño patio interior. Decidió alquilarla tras la muerte de su madre, cuando su padre enfermo se quedó solo y acordaron llevárselo a vivir con ellos a las afueras, donde ya no se veía el mar.

Ahora, diez años después de la muerte de Luis y casi cinco de la de su padre, podría venderla. Pero con alquilarla le sigue bastando. Además, por mucho que la haya transformado y disfrazado con muebles de Ikea, sigue siendo la casa en la que nació y pasó media vida. Se resiste a desprenderse de ella. Como también se opone a cerrar el negocio. Es ahí donde Luis permanece. Más que en ningún otro lugar.

Lo montaron en 1990, el mismo año que se casaron. Invirtieron todo lo que tenían. L&L, lo llamaron. Luis y Lola. ¡Ele y ele!, bromeaba él palmeando como un flamenco el día que pusieron el logotipo en la puerta. Ese estudio era su futuro, su proyecto de vida. Ahora es su pasado.

Compraron la casa de dos pisos y convirtieron el bajo en el estudio. Durante el primer año, pasaron más tiempo abajo que arriba. Dolores llegó a pensar que la vivienda les sobraba.

Tuvieron suerte desde el principio. Luis ya gozaba de experiencia como fotógrafo de celebraciones y había cobrado algo de fama en los pueblos de la costa. Se llevó con él a los clientes cuando se instaló por su cuenta. Los noventa fueron los buenos años. Sobre todo, por los reportajes. Casaron, comulgaron y bautizaron a medio litoral. Hasta que todo el mundo se hizo fotógrafo y decidió que ya no hacían falta los profesionales.

Luis lo vio llegar, incluso antes de que sucediera. Aunque para él todo eso no iba a ser más que una etapa pasajera. La gente volvería a las cámaras, a los carretes y a los fotógrafos de verdad. Se darían cuenta de su error. Había que aguantar.

Esperar a que todo regresase a su lugar. Ya volverán. Antes o después. Pero, en eso, Luis se equivocó. Y nadie volvió. Tampoco los tiempos lo hicieron.

Adquirieron una impresora fotográfica, pusieron a la venta tarjetas de memoria y cámaras digitales. Pero ese negocio solo funcionó unos años. En eso, Luis sí que tenía razón: todo se movía demasiado rápido y era imposible seguir el ritmo. Siempre hay que detenerse en algún lugar, decía. Localizar un punto fijo y permanecer inmóvil ahí.

Ella encontró ese punto. O, mejor, ese punto la encontró a ella: el instante determinado en el que el mundo comenzó a moverse a toda velocidad y ella desistió de correr detrás de él. No tiene que pensar demasiado para localizarlo. No es algo abstracto; está definido en el tiempo. Un corte. Una cesura que parte el mundo –su mundo– en dos. El que avanza y el que ya no se mueve más de ahí. Recuerda el año, el mes, el día y la hora. Tiene grabado a fuego ese instante en la memoria. Jueves, 26 de marzo de 2009, las siete y media de la tarde. La llamada que atraviesa la habitación. La voz que anuncia el accidente. El dolor. También la culpa. El origen del vacío oscuro que desde entonces la acompaña.

Han pasado diez años. Y aunque el mundo no ha parado de moverse –su hijo Iván ha crecido y muchas cosas se han transformado–, ella continúa en el mismo lugar, revelando unos pocos carretes al mes y aceptando algún que otro reportaje económico al año, apenas un eco borroso del pasado.

Podría cerrar el estudio y hacerle caso a su cuñada, sí. Pero aguantar ahí la anima a seguir hacia delante, aunque su movimiento se parezca al de esos personajes de dibujos animados que siguen corriendo sobre el precipicio hasta descubrir que ya no hay suelo bajo sus pies. Pura inercia.

Como la suya: levantar todos los días la persiana, limpiar el cristal transparente del mostrador, conservar los montoncitos de carretes repartidos por las estanterías, comprobar la fecha de caducidad, negociar con proveedores, permanecer allí, día tras día, como si el suelo no se hubiera derrumbado aquella tarde de 2009, como si pudiera rozar así algo de aquel tiempo anterior que, de la noche a la mañana, saltó por los aires y ya nunca más se ha vuelto a recomponer.

3

Durante varios días, Dolores piensa que la han engañado. Una broma macabra, se dice. Nadie responde en el teléfono fijo desde el que llamaron al estudio y nadie se interesa por las fotos. No es el dinero lo que le importa; tampoco ha perdido tanto. Ni siquiera el tiempo; al menos, así lo ha llenado con algo. Pero le incomoda que nadie se ponga en contacto con ella y esa preocupación no se le va de la cabeza durante toda la semana. Se despierta con ella todas las mañanas y ni siquiera logra quitársela de encima en su caminata diaria hasta al paseo marítimo.

Cincuenta minutos ida y vuelta. No importa el tiempo que haga. En verano, se levanta al amanecer para evitar el calor y los turistas. Ha convivido con ellos desde que nació y ha llegado a asumirlos como parte del entorno, pero no puede evitar el aguijonazo de rabia cuando se acerca el buen tiempo y el sosiego del pueblo se ve alterado por su presencia.

De niña, los odiaba. Nunca ha sabido si porque le arrebataban sus espacios privados o porque la abandonaban antes de llegar el otoño. Todos los años, la misma situación. Las amigas que venían y después desaparecían. Las que al verano siguiente regresaban y contaban con que ella estuviese allí de nuevo, como si formara parte del paisaje, un elemento más de decoración, junto a los barcos, las tumbonas o los chiringuitos. Perenne, como la taberna que regentaban sus padres, que también se llenaba por esas fechas.

Dolores comenzó a «ayudar» allí –así lo llamó siempre su padre– después de la primera comunión. Los fines de semana y también los veranos. Aún no lo ha olvidado. El estruendo todavía resuena en sus oídos. El ruido y los gritos. Los seguía oyendo desde casa, apenas a unos metros del bar. El golpeteo violento de las fichas de dominó y los vasos de vino vacíos sobre las mesas de metal, el arrastrar de las sillas, el clamor del fútbol en el televisor..., pero sobre todo el eco de las voces de los hombres. Porque en el bar de su padre solo se reunían los hombres. Para las mujeres era un territorio extranjero. Cada vez que alguna despistada cruzaba la cortina de tiras metálicas, sobre todo en verano, las miradas se posaban inmediatamente sobre su cuerpo como un enjambre de abejas. Dolores lo advirtió cuando también comenzó a sentirlas sobre ella misma. Las miradas sostenidas y los comentarios intencionados. Toma, guapa. Cómo has crecido, niña. Así da gusto que te sirvan. Ponme otro chato de vino, y tráemelo tú, bonita, que me alegras más la vista que tu padre. Después llegaban las propinas. El brazo agarrado unos segundos más de la cuenta. Las manos rugosas sobre la piel tersa. La sonrisa forzada que encubría el asco.

Probablemente su padre también lo notara en algún momento y, sin duda, eso le hizo decidir que su lugar ya no estaría más detrás de la barra o atendiendo las mesas, a la vista de todos, sino con su madre en la cocina, preparando las tapas y las comidas. Allí dentro estaría a salvo. También lejos del ruido, pensó ella. Aunque lo cierto es que el bullicio se colaba por la ventana interior y resonaba aún con más violencia entre esas cuatro paredes. Todavía no se ha ido del todo. A veces regresa como un rumor indistinguible, un murmullo del pasado que se hace fuerte en sus oídos.

Tal vez por eso ahora anhela el silencio. Lo desea desde entonces. El silencio y la calma. La serenidad del mar sosegado. Porque nunca le ha gustado el verano, pero sí el mar. Ese mar chico junto al que nació. La laguna de agua salada más grande de Europa, esa gran albufera del Mediterráneo que hoy todos conocen como Mar Menor. Aquietado, sereno, con el final marcado en el horizonte. Conforme cumplía años, más le asombraba la posibilidad de abarcarlo con la mirada. Casi como una fotografía. Nada queda fuera de campo en el Mar Menor. No hay un más allá en el que la mirada se pierda. No como la inmensidad del mar abierto. Eso siempre la ha inquietado. Perder los límites. Desbordarse. Por eso le gusta este mar hecho a escala de la mirada. Siente que lo puede poseer, que le pertenece. Probablemente también por eso siempre le han molestado los turistas. Le arrebatan un territorio propio que no desea compartir.

Aún hoy trata de evitarlos y prefiere caminar temprano, cuando el sol apenas brilla. El paseo le sienta bien a su cuerpo cansado, pero sobre todo a su cabeza. Comenzó a hacerlo después de la muerte de Luis. El organismo lo necesitaba. El camino y también el silencio. Dejaba el móvil en casa y caminaba entre los susurros del pueblo aún dormido. Es lo que sigue haciendo ahora cada mañana, lo único que la sigue reconfortando, la pequeña caminata al amanecer, la brisa leve que acaricia su rostro y, sobre todo, el instante de serenidad, el breve momento de reposo al llegar a la playa. La espalda apoyada en uno de los bancos del paseo marítimo, la mirada tratando de hacer suyos los límites del pequeño mar. Sola. Tranquila. Callada. Un leve intervalo de permanencia. Incluso el vacío oscuro que la acompaña parece cederle su espacio.

Es a finales de la semana cuando el teléfono suena. De nuevo, la voz ronca y grave del hombre y el acento particular que no acaba de reconocer. Clemente Artés, le dice. Sí, Clemente. Apuntó el nombre en una hoja de papel, aunque ya no puede evitar nombrarlo «el anciano». Estos días lo ha imaginado así. El comentario de la hija del difunto que fotografió ha hecho mella en su cabeza.

–Siento no haberla llamado antes.

–No sabía nada de usted.

El hombre vuelve a disculparse. Le explica que ha acudido varias mañanas seguidas a rehabilitación y que por eso no había nadie en casa.

–La recuperación de la cadera, puede usted imaginar, es un asunto lento y complicado.

Es ella entonces quien se disculpa por la desconsideración. Le detalla después que tomó más de diez fotos y le pregunta si las quiere todas o solo algunas. No le dice que el carrete llevaba varios años caducado en la estantería y que confía en que el velo no sea demasiado acusado.

–Las querré todas –afirma él–. También los contactos. Después le pediré alguna ampliación, probablemente en dieciocho por veinticuatro.

El hombre parece conocer las convenciones del material fotográfico. Dolores le comenta que tendrá el resultado en unos días.

–Enviaré a alguien a recogerlo. Aún no puedo desplazarme. Y, claro, también le pagaré. Si me dice cuánto le debo.

Dolores lo ha pensado durante estos días. En la primera llamada, el hombre comentó que el dinero no sería un problema. Pero ella intentará ser justa. Le cobrará el desplazamiento, el tiempo y el revelado de las fotos. No le sumará la urgencia, ni la excepcionalidad del encargo. Tampoco el desvelo, la inquietud y la incomodidad. No sabe cómo valorar todo eso.

Esa misma tarde se encierra en el cuarto oscuro para positivar las imágenes. Es ahí donde le presta atención por primera vez al difunto. Ese momento es para ella el verdadero corazón de la fotografía, el instante en que la imagen asoma, como un fantasma, atravesando el tiempo. Por eso se empeñó desde el principio –y Luis le dio la razón– en comprar la ampliadora y revelar sus carretes, aunque fuera solo para elaborar los contactos y positivar sus propias fotos. Los encargos y los trabajos comerciales los derivaba al laboratorio, pero incluso en ellos sentía a veces la necesidad de presenciar cómo surge la imagen. Le gustaba el ritual. El silencio sagrado. La penumbra roja. El atardecer oscuro, infinito. Incluso el olor a fijador que quedaba en sus dedos. No podía evitar llevárselos cerca de la nariz después de vaciar las cubetas, inspirar levemente y sentir cómo se le humedecían los ojos. O pasar después la yema de los dedos por los labios y probar el sabor salado y la rugosidad de la piel reseca, cuarteada por el efecto de los químicos.

Luis detestaba esa costumbre que con el tiempo se convirtió en rutina. Ponte guantes, por favor, le exigió en más de una ocasión tras acariciar la piel abrasada de sus manos. Pero a ella le atraía la textura acuosa del líquido y sobre todo esa sensación de que en sus dedos, de algún modo, se depositaba un resto de la imagen.

A su marido le interesaba menos ese trabajo material. Le ilusionaba la mirada, el encuadre, el enfoque, el resulta-

25

do, pero no todo lo que había detrás, la artesanía, como él lo llamaba. No quería mancharse las manos. Ella, en cambio, gozaba con ese proceso, consciente de que todo forma parte del mismo impulso. El pintor no solo pinta, también tensa el lienzo, prepara los pinceles, incluso después trabaja el enmarcado. Por supuesto, Luis conocía todos los rudimentos. Pero aquello no le concernía. O no tanto como a ella. Al fin y al cabo, eso era estar en la cocina. Y él prefería estar en el exterior, siempre visible, exhibiendo su arte de cara al público.

Recuerda los primeros meses después de su muerte. Ella se encerraba en el laboratorio y volvía a positivar las fotos que tenía de él. Sus retratos, pero también los paisajes, las vistas del pueblo, del mar, su mirada. Necesitaba volver a verlo aparecer.

Pasaba allí las mañanas y las tardes. Cerraba la tienda, bajaba la persiana y se encerraba a convocar fantasmas. Una ouija de imágenes. Una ouija incrédula, asumía. Porque ojalá creyese en algo más que en las imágenes, se repetía una y otra vez. Sobre todo, porque así podría dar sentido a ese extraño vacío que esos días comenzó a tomar cuerpo a su lado. Una oquedad invisible que se dibujó junto a ella y que desde entonces siempre la ha acompañado. Un agujero negro que a veces se vuelve denso y tangible y consigue arrebatarle el aire.

Nunca se lo ha contado a nadie, ni siquiera a su cuñada. Tampoco tendría por qué. Al fin y al cabo es solo una sensación. Y no sabría cómo explicarla: la intuición constante de un punto ciego en el espacio, como si algo no funcionara del todo, una especie de sumidero que en ocasiones le corta la respiración. Más una ausencia que una presencia. Un fantasma inverso. Una hendidura que ocupa un lugar, que siempre está ahí, también cuando no puede verla.

26

Han pasado diez años y Dolores ya no se encierra como antes. Pero el vacío continúa a su lado. A veces apenas lo nota, incluso llega a olvidarse de él. Otras, como hoy, se condensa y casi le roza la piel. Y, a pesar de todo, sigue sin creer en otra cosa que en la fotografía. En el poder de las imágenes para resucitar el pasado. Ese es el único fantasma que convoca. Precisamente por eso la figura que hoy aparece al revelar los negativos no le impresiona demasiado. Es un muerto. Un objeto inerte, nada más que eso. Un cuerpo sin alma que, no obstante, parece dormido. Como si la foto le hubiera insuflado algo de vida. Eso es lo que le sorprende. La vida de la imagen. La misma vida, piensa, que adquieren las cosas cuando son captadas por la cámara. Los objetos inertes que, paradójicamente, en la fotografía parecen siempre detenidos, frenados, como a punto de moverse hacia algún lugar.

Así es como emerge poco a poco la imagen del difunto en el contacto con el papel. Detenido, suspendido, pero a punto de despertarse, de continuar moviéndose, igual que siempre se mueve la vida, por mucho que uno piense que se ha parado para siempre.

4

A pesar de la frente despejada y el aspecto algo desaliñado, el hombre que cruza la puerta de la tienda no habrá cumplido aún los cuarenta. Lo nota en el brillo de la piel oscura y lisa. La piel joven. Ella siempre se fija en eso. El modo en que la piel refleja la luz.

—Vasil —se presenta—. Vengo a recoger fotos de señor Clemente.

Su acento extranjero le recuerda al personaje de alguna película de espías. Sin dejar de mirarlo de reojo, Dolores rebusca en el cajón del mostrador. Aunque ahí solo guarda el sobre con las fotos que él viene a buscar, se toma su tiempo, como si estuviese escarbando entre otros encargos. Mientras lo hace, el hombre saca del bolsillo un fajo de billetes sujeto por una goma elástica y lo deposita en el mostrador.

—Aquí las tiene —dice ella al final.

Antes de cogerlas, él le acerca el dinero.

—Compruebe, por favor, que está todo.

Dolores retira la goma y se demora contando los ciento cincuenta euros en billetes de diez.

—Está perfecto.

El hombre alcanza entonces el sobre de las fotos y, sin

abrirlo, lo introduce en una bolsa de tela beige con el logotipo de Kodak en el centro. Lo hace con lentitud, como si no existiera la prisa. Solo después de haber terminado el proceso, le dice:

–Muchas gracias. De parte de señor Clemente. Significa mucho, quiere que diga a usted.

Esa misma tarde se entera de que Vasil es búlgaro y trabaja cuidando a Clemente Artés desde hace unos meses. Se lo explica el propio Artés cuando la llama por teléfono para agradecerle el trabajo.

–Quiero ampliación de todas –le dice–. Tarde lo que tarde. No hay una sola que no me guste. No puedo creer que sea la primera fotografía de este tipo que hace.

–Son los años –contesta ella–, la costumbre.

–Hay algo más en su mirada, un modo distinto de ver.

Dolores reconoce el cumplido. Le sigue llamando la atención su manera de pronunciar. Cuidada, pero con una cierta artificialidad, separando cada una de las palabras. Eso y el tono grave de la voz confiere a todo lo que dice una solemnidad peculiar.

–También me ha gustado su discreción –prosigue el hombre–. En ningún momento me ha preguntado usted nada.

–No es asunto mío.

–Era mi amigo, el hombre de las fotos. Le prometí que guardaría una imagen de ese último momento. He dedicado mi vida a hacérselas a los demás. Cómo no iba a tener una de él.

–Claro –contesta ella. Después, decide sentarse en la pequeña silla de anea que guarda tras al mostrador de la tienda, la silla baja que rescató de casa de sus padres y que le resulta más confortable que cualquier sillón de diseño.

Artés le cuenta entonces que trabajó como fotógrafo en Francia –Dolores identifica por fin su acento– y que lleva unos años retirado en la costa. Comenzó a retratar difuntos en Marsella. Y aunque hace ya bastantes décadas que esa tradición cayó en el olvido, él ha tratado de que no se extinga del todo. La continuará mientras le queden fuerzas. A pesar de que más de uno pueda pensar que ha perdido la cabeza.

–Porque los muertos no son invisibles –argumenta–. Por mucho que hoy quieran quitárnoslos de la vista enseguida. Es importante lo que hago, ¿entiende? Tendría que haberle explicado todo esto antes.

–Entiendo –contesta, aunque no sepa muy bien qué es exactamente lo que tiene que entender.

–Eso me parece, que comprende lo que digo.

El hombre continúa y le comenta cómo resbaló en la ducha. Está convencido de que a pesar de todo tuvo suerte; podría haberse golpeado en la cabeza. También le habla de la operación y la rehabilitación. El dolor y las noches de insomnio. Pero lo importante, dice, es que ya ha comenzado a moverse y que, en cuanto consiga caminar, le gustaría acercarse a recoger las ampliaciones y charlar con ella en persona.

–Será un placer –contesta Dolores.

Y, al colgar, piensa que es cierto. Un placer. Hay algo en su modo de hablar que la inquieta y al mismo tiempo la seduce. Tal vez sea por el halago. «Su mirada, un modo distinto de ver el mundo.» Hace años que nadie dice nada bueno de ella. Hace años que nadie dice nada de ella.

5

—Me intriga conocerlo —le comenta a Teresa después de relatarle la llamada de Clemente Artés.

Al menos una vez a la semana, se encuentran para charlar y tomar algo al final del día. Es así desde la muerte de Luis. Teresa se empeñó en sacarla del estudio, aunque fuesen unas pocas horas por la tarde. Se reunían en el restaurante del puerto para contarse la semana y elaborar el duelo la una junto a la otra. Se relataban lo que habían visto en la tele, comentaban lo que sucedía en el pueblo, criticaban a los turistas durante el verano y se alegraban cuando, como ahora, llegaba septiembre y el restaurante se convertía de nuevo en un sitio tranquilo.

Dolores suponía que aquellos pequeños momentos también le venían bien a su cuñada, casi más que a ella, aunque Teresa no llegase nunca a sacar a la luz las emociones y, por su comportamiento, pareciera que nada había sucedido. Pero ella podía distinguir la pena en el fondo de sus ojos y en la textura de su voz cantarina, que de repente se volvió unos tonos más grave. Incluso su cuerpo espigado pareció perder unos centímetros.

Luis era su hermano mayor y había sido algo parecido

a un padre. Dolores la conoció a ella antes que a él, que durante mucho no fue otra cosa para ella que el hermano de su amiga. Pero desde el principio se fijó en su cuerpo ya adulto. Cuatro años no son nada, pero en la adolescencia pueden resultar un mundo entero. Le parecía inalcanzable. Su pelo largo rubio y su barba descuidada. Lo confundían con un turista sueco. También por la altura y la robustez. Y por la cámara fotográfica siempre colgada al cuello.

«Me voy, que ya ha llegado el vikingo», decía Teresa cuando Luis venía a recogerla en la moto.

Él la saludaba siempre distante y Dolores deseaba montarse en esa moto de ruido infernal y abrazarse con fuerza a su cuerpo algún día. Al principio, secretamente. Y cada vez de modo más evidente. Aún habrían de pasar años hasta que Luis se fijase en ella y sus destinos se cruzasen. De momento, apenas era una niña y todavía no podía imaginar todo lo que iban a vivir juntos, el vikingo y ella. La felicidad y la aventura de los primeros años. Tampoco el dolor y la pena que llegarían después.

Tras la muerte de Luis, Dolores intentaba regresar a aquellos recuerdos brillantes y experimentarlos de nuevo. Pero el accidente le obstruía el acceso a la memoria de esa felicidad primigenia y lo teñía todo del mismo tono oscuro, la misma amargura. La culpa, el remordimiento, la distancia. Han tenido que pasar los años para que esos recuerdos vuelvan ahora sin la pátina del dolor, aunque aún siga sobrevolando sobre ellos la sombra, el vacío que la mantiene anclada a aquella tarde de marzo en la que el tiempo se detuvo.

En todos estos años, Teresa ha tratado de ayudarla a moverse hacia delante. También ha intentado que rehaga su vida sentimental. Con amigos y conocidos que ella ha tratado de esquivar como si fueran flechas lanzadas sobre su cuerpo. Teresa aún no ha comprendido que prefiera la calma y la rutina, que haya encontrado ahí cierto refugio y le moleste la sola idea de tener que arreglarse y acicalarse para simular algo que ya no siente. Se encuentra a gusto en sus vestidos amplios y sus zapatos bajos y cómodos. No le obsesionan los kilos de más o el volumen de sus caderas. Tampoco las manchas y arrugas de la piel de su rostro o el color ceniciento de su cabello rizado. Así que, cada vez que Teresa ha insistido en que almuercen o cenen con alguien «interesante» –el término es una constante en su vocabulario–, Dolores ha accedido como mucho a pintarse los ojos y los labios. Aunque lo más difícil ha sido siempre simular la sonrisa.

–Tú y tu cara de ajo –suele acabar comentando Teresa–. Así no hay manera.

–Es que esto me revienta, ya lo sabes.

–Lo que te pasa, Lola, es que tú esperas a Richard Gere y ese no va a llegar.

También ese es un comentario recurrente. O al menos lo era hasta que hace tres años Teresa se divorció y tampoco ella encuentra a nadie que la contente. Aun así, su cuñada parece afrontar la soledad de un modo diferente, como si se enfrentara a una especie de segunda juventud, desinhibida y sin ataduras.

Los últimos años con Paco no fueron fáciles. En realidad, ella nunca los vio llevarse bien. Pocas eran las semanas en las que Teresa no la llamaba para contarle algún berrinche con su marido. Cabezón el Paco como él solo, solía decirle. A Dolores nunca le había terminado de caer bien y sufría en silencio sus fanfarronadas en las comidas familiares. Se había crecido con la promoción de varias urbanizaciones cerca de la costa y había que aguantarle presumir de los BMW que conducía, los televisores de plasma que había instalado en todas las habitaciones de la casa y las botellas de Vega Sicilia a las que invitaba con frecuencia.

Luis lo soportaba aún menos que ella. Pero era su cuñado y también trataba de poner buena cara. Él ya no pudo ver su declive. La burbuja pinchada. El fin de los coches caros y de los buenos vinos. El quiero y no puedo constante. Dolores se culpabilizaba por pensar que había en ello una especie de justicia poética, sobre todo al comprobar cómo afectaba eso a su amiga querida, que tuvo que regresar a su antiguo puesto en la Consejería de Sanidad para afrontar las enormes deudas de su marido. Fue en ese momento, dos años después de la muerte de Luis, cuando ya estuvieron a punto de separarse, pero todo se recondujo durante un tiempo. Hasta que Paula se marchó a estudiar a Granada y Rubén entró en la academia militar. De repente, Teresa sintió que, con los hijos lejos de allí, ya no tenía razones para volver a casa. Inventaba reuniones de trabajo en la Consejería y se quedaba en Murcia a comer e incluso a cenar. La persona que la esperaba en casa era alguien con quien ya no tenía nada en común.

Aunque jamás lo admitirá ante nadie, a Dolores le alivió también el divorcio porque Teresa se relajó en su intención de querer arreglarle la vida a ella y se concentró en arreglársela a sí misma. A partir de entonces ella pasó a ser su acompañante en las cenas y las salidas por el pueblo. Y en ese rol secundario comenzó a encontrarse mucho más cómoda. Como observadora y sobre todo como confidente.

Es así como se siente este viernes de principios de septiembre cuando se reúnen en el restaurante y Teresa le confiesa que hay alguien por fin que la tiene encandilada. Es médico y ha comenzado a colaborar con su departamento de la Consejería de Sanidad. Lo ha conocido en una cena. Está divorciado y tiene dos hijos.

–Que no puedo dejar de pensar en él –comenta.

Es entonces cuando Dolores le cuenta la llamada de

Clemente Artés y le dice que le intriga conocerlo. No le menciona que desde que escuchó su voz por teléfono no se lo quita de la cabeza, ni que su cumplido, por inesperado e intempestivo, la ha hecho feliz durante unos momentos.

–¿Te imaginas que es un maduro interesante, el padre de Indiana Jones?

Dolores sonríe. No es eso lo que imagina. En realidad, no imagina absolutamente nada. Pero sí desea que llegue el día y pueda por fin poner rostro y figura a la voz grave y las palabras amables que han irrumpido en su mundo tranquilo.

6

Lo ve llegar a través del cristal del escaparate. El Ibiza verde estaciona frente al estudio y lo observa bajar con dificultad del asiento delantero. Vasil lo agarra del brazo y le facilita una muleta. Apoyado en él, cruza lentamente la calle y se dirige a la tienda con decisión.

–Me ha intentado disuadir –es lo primero que dice tras quitarse como puede el sombrero de fieltro oscuro y dejar a la vista una calva brillante moteada con algunas pequeñas manchas oscuras–. Pero quería conocerla. Aunque hoy digan que va a llover.

Dolores lo saluda y le ofrece una silla. Él se sienta con parsimonia, apoya la muleta a un lado y extiende la pierna izquierda hasta dejarla completamente estirada. Vasil se queda a su lado, con un paraguas largo que también parece una muleta y una bolsa de tela colgada del brazo.

–¿Necesita usted algo más? –le pregunta.

–La silla es suficiente. Muy amable.

Desde que lo ha visto bajar del coche, comprende por qué aquella mujer lo llamó «el anciano» en lugar de «el viejo». Clemente Artés tiene algo que no pertenece a este lugar. Lo nota en su manera de vestir: la camisa perfectamente planchada, la chaqueta de lino, el pañuelo negro anudado al cuello. Los viejos de por aquí no visten así. Menos aún en verano. Tampoco lucen esa larga barba blanca cuidada que parece sacada de una postal decimonónica. Recuerda a las fotografías de Charles Darwin que ha visto en alguna enciclopedia. Ni siquiera tiene que hablar para parecer extranjero. Pero cuando lo hace la duda se disipa. Su manera de demorarse en las palabras, como si le costase trabajo pronunciarlas, como si las hubiera olvidado y tuviera que traducirlas mentalmente del francés:

–Más de cuarenta años fuera de tu país te convierten en extranjero –aclara con una sonrisa después de que Dolores le pregunte cuánto tiempo vivió en Francia–. Aunque la tierra nos llama siempre al final. ¿No cree usted?

Dolores se fija en su dentadura perfecta, pero sobre todo en las arrugas de la frente y los grandes surcos junto a sus ojos. Su rostro se vuelve amable y cambia por completo cuando sonríe. ¿Cuántos años tendrá? ¿Ochenta y cinco? Tal vez alguno más. También le llama la atención que le hable de usted. Quizá sea la educación francesa. Aquí ya nadie es tan respetuoso. Lo piensa mientras le entrega el sobre grande con las fotografías.

Él lo abre sin demora y extrae con delicadeza las copias de su interior. Lo hace con un cuidado y una manera de colocar las manos sobre el papel que denotan años de experiencia.

–*Très belles* –murmura, como si lo dijera para sí. Y luego aclara, dirigiéndose a Dolores–: Muy hermosas.

Ella piensa que son cualquier cosa menos eso.

–Ya sé que hermosas quizá no sea la mejor palabra –matiza, como si hubiera leído su gesto–, pero a mí me lo parecen. Por las fotografías, pero también por lo que representan. –Se queda unos segundos embelesado en una de las fotos y añade–: Querido amigo..., a todos nos llega. Ya estás aquí.

Repasa el resto de las imágenes y, tras unos instantes, toma una de ellas y le pide a Vasil que le acerque la bolsa de tela beige que ha traído consigo. Dolores la recuerda de la vez anterior, cuando vino a por las primeras copias: el logotipo de Kodak Film en amarillo y rojo justo en el centro de la bolsa. Él saca de ella un álbum grande de terciopelo púrpura con las esquinas rematadas en metal dorado. Lo abre y coloca la copia en una de sus páginas troqueladas.

—Quería mostrárselo y que supiera lo importante que es para mí lo que usted ha hecho —dice desplegándolo ante Dolores.

Ella se acerca y ve por primera vez una imagen sonriente del hombre al que fotografió.

—La vida y la muerte —sentencia él—. Cada vez tengo más amigos dentro que fuera del álbum.

Dolores no sabe muy bien qué contestar.

—¿Guarda usted aquí a todos... sus amigos? —acaba preguntando.

—Solo los más queridos. No crea que son tantos los que importan a lo largo de una vida. Y con el tiempo se le olvidan a uno las caras. Recuerdo todo lo demás, pero las caras se desdibujan. —Mira fijamente a Dolores y le pregunta—: ¿Ha perdido usted a alguien?

—Demasiada gente —contesta sin pensar.

—Entonces sabe de lo que hablo.

Dolores asiente. Y piensa que Clemente Artés tiene algo de razón. Aunque a ella no se le irá nunca de la cabeza el rostro de Luis. Cómo podría olvidarlo. Lo tiene presente en todo momento, sería capaz de dibujarlo con todo detalle si supiera manejar con destreza el lápiz. Pero ¿qué rostro dibujaría? ¿En qué instante? ¿Qué imagen de Luis es la que tiene en la cabeza? La suma de todas las que conserva de él. Los momentos fugaces, imprecisos. Y, claro, también las fotografías. O quizá sobre todo las fotografías. Es cierto, lo recuerda cada vez más a través de las imágenes impresas a las que puede regresar que de las escenas que guarda en su memoria. Sobre todo, porque hay una imagen que falta en esa secuencia. Esa a la que de ningún modo es posible regresar. La imagen vacía que en ocasiones se agiganta y se lleva por delante la consistencia de todas las demás.

–Tal vez le resulte ridículo –continúa Clemente Artés–, pero yo necesito tener a mano el recuerdo. –Pasa los dedos por la superficie de la foto–. También el último momento. Hoy nos horroriza la muerte y la escondemos enseguida para que no moleste, pero, como imagino que sabrá, los primeros modelos fotográficos fueron difuntos. Cuerpos, objetos, paisajes... Naturalezas muertas. Así que nada más digno. No hay nada macabro en guardar la imagen de alguien a quien se quiere y ya no está. Es un acto de amor. No me entra en la cabeza que hayamos abandonado esa tradición.

Dolores tuerce el gesto, pero no dice nada. Siempre le ha costado encontrar las palabras y ha confiado más en el lenguaje del cuerpo. Mueve los labios hacia un lado y arruga el rostro para mostrar pesadumbre. Es un gesto que le contagió a Luis. Cayó en la cuenta de que lo hacía el día en que lo vio en él. Ahora, cada vez que siente la tirantez en la piel de su cara, no puede obviar el pasado de esa mueca.

De repente, se oye un rumor impetuoso en el exterior. Los tres miran hacia la calle. Ha comenzado a llover con fuerza.

Vasil recoge inmediatamente el paraguas del suelo.

–Va a llover mucho –comenta.

–Tenemos encima una DANA –precisa Dolores. Hoy lo ha oído en la radio. Depresión Aislada en Niveles Altos. Lo que antes llamaban gota fría. Pero se ha quedado con la definición–. Estamos en la época. Espero que esta vez no diluvie. Este pueblo está abonado al desastre.

–Por si acaso, nos marchamos ya. –Clemente Artés guarda el álbum en la bolsa de tela y la deja sobre sus piernas.

Es entonces cuando llega la proposición. Sin rodeos. Más un ruego que una propuesta: que lo ayude con las fotografías de difuntos. Son muy escasos, los encargos. Apenas algo testimonial.

–No quiero que esto se termine de perder. Es importante. Pero, como ve, ya no me puedo valer.

Dolores se queda un instante sin saber cómo reaccionar.

–No creo que esté preparada para algo así –es lo único que se le ocurre decir.

–Tiene usted la mirada... No se lo pediría si no hubiera visto algo especial. Créame, son muchos años.

–Le agradezco el cumplido, pero...

–Solo piénselo. No imagina lo valiosas que son esas fotos para quienes lloran una pérdida. Además, están bien pagadas. Mucho más de lo que usted me ha cobrado. La gente no escatima en gastos cuando se trata de la muerte.

Antes de levantarse de la silla, el anciano rebusca de nuevo en la bolsa de tela y saca de ella un libro grande que también parece un álbum.

–Tome –dice, ofreciéndoselo a Dolores–, se lo regalo.

Ella agradece el gesto y coloca el libro sobre el mostrador.

–Lo escribí hace unos años –comenta él–. Tal vez le haga ver lo importantes que son estas imágenes.

Dolores lee el título troquelado en la portada encuadernada en tela: *La imagen última*. Pasa instintivamente el dedo por las letras del título. El nombre del autor no está en la portada.

–Muchas gracias. Lo leeré con atención.

—Ya me contará —contesta él mientras se levanta de la silla ayudado por Vasil.

En el exterior llueve aún con más fuerza.

—¿Están seguros de que no quieren esperar a que pare?

—No tiene pinta de amainar. Desde luego, hemos elegido el peor día para venir.

—Acerco coche aquí —dice Vasil, que acto seguido toma el paraguas y la bolsa, abre la puerta y sale corriendo hacia el Seat Ibiza como si huyera de algo.

Dolores toma el brazo del anciano y se mantiene de pie con él hasta que Vasil regresa. Nota su mano aferrada con fuerza. El peso del cuerpo en tensión. No huele a viejo. Su perfume le recuerda a madera recién cortada, a taller de carpintero, pero también a hierba mojada.

Lo acompaña unos metros hasta el coche mientras Vasil los cubre con el paraguas. Le abre la puerta y lo ayuda a sentarse.

—¿Ve como la necesito? —sonríe al dejarse caer en el asiento del coche.

Dolores le devuelve el gesto amable.

—Tengan cuidado —dice. Y regresa veloz a la tienda. Han sido apenas treinta segundos, pero parece que le hubieran tirado encima varios cubos de agua. La blusa se le ha pegado al cuerpo y se ha empapado hasta el sujetador.

A través del escaparate, observa el coche perderse en la lluvia. Se aparta el pelo mojado de la frente y trata de secarse la cara. El perfume del anciano se ha quedado en sus manos.

Lo primero que hace tras ver las noticias es llamar a su hijo. Vente a casa, Iván, le gustaría decir. Vente antes de que arrecie y quédate conmigo durante la tormenta. Pero, después de disculparse por interrumpir su rutina en la ciudad, lo que le pide es lo contrario:

—Ni se te ocurra venir mañana.

Es jueves y acaba de comenzar el curso. Iván tendría que volver al pueblo este fin de semana. Pero ella prefiere que no salga de Murcia. A pesar de que allí las noticias también sean preocupantes. Prefiere eso a la carretera. Aunque se quede sola. Al fin y al cabo, es lo habitual. En realidad, podría venir todas las semanas. Todos los días, si quisiera. Apenas se tardan cuarenta minutos entre la capital y el pueblo. Pero desde el principio se empeñó en vivir cerca de la universidad. Iba a ser mejor para los estudios. Comunicación Audiovisual, aunque siempre había querido estudiar Cine. Al menos, no se fue a Madrid.

En el fondo ella piensa que está mejor allí, lejos de la tristeza, apartado de la melancolía constante del hogar. Pero hoy quisiera que estuviera aquí, en casa, cerca. Protegerlo de la tormenta. O estar con él en la ciudad. Pero no experimentar la distancia. Aunque sea corta. La distancia es siempre la posibilidad de no llegar a tiempo. Llegar tarde. Cuando ya nada tiene remedio.

–No te preocupes, mamá, no me moveré de aquí. Tengo cosas que hacer este fin de semana.

Ella entonces se queda tranquila, aunque secretamente deseaba que su hijo rebatiera sus palabras y se resistiera al sentido común. Cómo no voy a ir, mamá, cómo te voy a dejar sola y me voy a quedar aquí porque tenga «cosas que hacer». Cómo no voy a coger el autobús, o el coche, o irme aunque sea caminando bajo la lluvia para llegar a casa y resguardarnos allí los dos abrazados. Cómo no lo voy a dejar todo, mamá, para estar contigo mientras el cielo se abre y todo se derrumba. Pero Iván solo responde que no se preocupe, que estará bien, como si nada sucediera, como si en el fondo se sintiera liberado de la obligación de tener que volver a un hogar atravesado por la aflicción.

Después de cenar, Dolores se asoma a la ventana. Continúa lloviendo con fuerza. Los relámpagos iluminan la calle, convertida ya en un pequeño río. El trueno no tarda en llegar. Su rugido rodea toda la casa.

Vuelve de golpe a su memoria lo ocurrido hace tres años, en diciembre de 2016. Nadie puede olvidar aquello. La lluvia infinita, las ramblas desbordadas, las calles anegadas. Ya vivió algo así en su adolescencia. El pueblo está abonado al desastre, le ha dicho esta tarde a Clemente Artés. Y es lo que piensa. Afortunadamente, también parece abonado a la resistencia, a levantarse una y otra vez, sin importar que el mundo se venga abajo. Aun así, cada vez que llegan las lluvias regresan la inquietud y la incertidumbre. El miedo. Y también la resignación.

Ojalá la tormenta pase esta vez de largo.

Desenchufa el televisor. De la corriente y de la antena. Nunca ha sabido muy bien por qué, pero es lo que hacía su madre. La antena atrae los rayos, decía. El televisor los acerca, como todos los aparatos eléctricos. También caen en las tuberías y pueden salir por ellas si el grifo se abre. A un vecino del pueblo tuvieron que amputarle un dedo, a otro le entró el rayo por la ventana. Así que hay que cerrarlo todo y guardar silencio, como si jugara al escondite. Supone que todo es mera superstición, pero no puede evitar hacerlo, forma parte del ritual ante la tormenta. Igual que revisar las pilas de la linterna y preparar las velas y el mechero por si se va la luz.

Pero esta noche la luz aguanta. Aun así, coloca la linterna cuadrada sobre la mesita de noche. También una vela incrustada en un botellín de cerveza vacío junto a un encendedor. Hace eso y toma el libro que le ha regalado Clemente Artés. No es la mejor lectura para esta noche agitada. Pero le puede la curiosidad.

Al abrirlo, regresa el perfume del anciano. Aunque junto al olor a madera cortada esta vez percibe algo más, un aroma avinagrado que le recuerda a los efluvios del fijador en la cubeta. Está segura, es eso lo que impregna todo el libro. Descubre una gran mancha blanquecina en la cubierta de tela. Y también más de una página arrugada. Como si el líquido se hubiera derramado sobre el ejemplar. Acaricia la tela y pasa los dedos por las páginas onduladas. Después, de modo instintivo, se los lleva a la boca. El libro huele, pero también sabe a fotografía.

Quizá por eso, todo lo que lee esa noche adquiere una corporalidad especial, incluso la dedicatoria, que la asalta nada más comenzar a ojear el libro: *A Gisèle, en la vida y en la muerte.*

No tiene la intención de leerlo ahora, pero no se resiste a examinar el índice y la introducción y a echar un vistazo a las fotografías. Nada más comenzar, se da cuenta de que Clemente Artés no es exactamente un ensayista. El libro es una especie de inventario de obras, composiciones e iconografías. Hay muchas más ilustraciones que texto, una introducción de diez páginas y unos cuantos párrafos antes de cada sección de imágenes.

Por supuesto, como todo aficionado a la fotografía, Dolores conoce la tradición de la fotografía mortuoria. En las historias de la fotografía que conserva en casa, se menciona esta antigua práctica. Pero ella siempre la ha entendido como una excentricidad decimonónica, una costumbre insólita en los inicios de la fotografía, como tantas y tantas líneas de fuga que con el tiempo acabaron desapareciendo.

En la introducción del libro, Clemente Artés detalla el origen de esta práctica: «Fotografía post mortem» o, como él parece preferir, «Imagen última», pues la tradición de representar al difunto es anterior a la era de la fotografía y se encuentra en los orígenes mismos del arte. «El misterio de la vida y la muerte», escribe, «el principio de la representación.» Artés retrocede en el tiempo y alude incluso al origen de la pintura según Plinio el Viejo, la fábula de la doncella de Corinto que trazó en una roca la silueta de su amado antes de que este se embarcara en un largo viaje: «La imagen como forma de duelo, como memoria de una ausencia.»

La fotografía mortuoria, según lee, es en realidad la actualización de esas imágenes últimas, de ese intento de apresar aquello que está a punto de borrarse. Y tiene que ver también con la propagación de la fotografía en la modernidad. «Todo el mundo necesitaba una foto. No tenerla era no haber existido. No tenerla era arriesgarse a no ser recordado.» La introducción del libro de Clemente Artés está colmada de esos instantes pretendidamente líricos que tratan de justificar el sentido de esas imágenes. «Guardar la figura», «apresar la memoria», «fijar el cuerpo antes de que se desvanezca para siempre».

Volverá más adelante al texto, se dice. Ahora le tienta más ojear las fotografías. El libro las cataloga en tres grandes tipologías: vivos, dormidos y difuntos. Categorías que remiten a una actitud particular ante la muerte, de la negación a la aceptación.

Pasa las páginas y, en efecto, se encuentra con fotografías de muertos que parecen respirar. Difuntos con los ojos abiertos que en ocasiones es difícil diferenciar de los vivos. Se fija sobre todo en los niños, tomados por sus madres o acompañados por sus hermanos, mirando todos a la cámara. Los ojos de los muertos, abiertos de par en par. Son las fotografías más inquietantes. Al menos a ella se lo parecen. Desde luego, mucho más que las que generan la ilusión de que el difunto está dormido. En la cama, en un diván o en una silla: el cadáver con los ojos cerrados, como si hubiera caído en un estado de letargo, en un «sueño eterno», como describe el libro. Le costaría, de hecho, discernir si realmente están muertos o solo duermen.

Por último, los difuntos retratados como lo que son, cuerpos sin vida. La muerte se naturaliza y se hace cotidiana. El féretro. Las flores. El velatorio y el entierro. El difunto en el ataúd, pero también acompañado de los suyos. De nuevo, el contraste: algunos vivos parecen más muertos que los propios muertos.

Conforme contempla las fotos, siente que hay algo en ellas que le atrae y, al mismo tiempo, le repele. No es morbo, aunque puede entender que eso sea lo que aprecie la mayoría de la gente. Lo que nota va más allá de la curiosidad. Una sensación física que comienza en el pecho y se extiende por todo su cuerpo. Tristeza. Esa es la palabra. Una congoja enorme que se agiganta ante la visión de las fotografías de los niños. Los rostros dormidos, serenos, las bocas ligeramente abiertas, las manos pequeñas con los dedos entrelazados... Tiene que parar en varias ocasiones para tratar de tomar aire.

También le desasosiega la certeza de estar viendo algo que no debería ver. Imágenes que en su día fueron privadas, recuerdos valiosos pensados solo para los seres queridos. Ver ahora esas fotos es entrar en un mundo íntimo, casi profanarlo. Lo siente con mayor intensidad al llegar a las fotografías más recientes, algunas tomadas en la década de los ochenta. Escenas en color que lo traen todo al presente. Le impresiona que, tan entrado el siglo XX, tan cerca de su propio tiempo, la tradición continúe.

No puede evitar fijarse en que todas las fotografías pertenecen al mismo repertorio: «Colección Artés Blanco». No las ha contado, pero, a dos por página, debe de haber ahí más de ciento cincuenta. De todo tipo de técnicas. Daguerrotipos, albúminas, colodiones, gelatinas... Y también de varios orígenes: francesas, la mayoría, pero también inglesas, americanas y españolas.

No le importaría algún día poder ver las fotografías reales. A pesar de que el abatimiento y la desazón haya ido en aumento conforme pasaba las páginas. También la sensación de sobrecarga en las sienes.

La incomodidad la experimenta sobre todo al descubrir la imagen de la última página del libro. En blanco y negro, centrada en la hoja y sin pie de foto. La reproducción de un daguerrotipo. O al menos eso considera. Porque bajo la imagen no hay referencia alguna a técnica, autor o colección que la pueda identificar. Una imagen a modo de colofón que parece no pertenecer a la secuencia de fotografías del libro.

Hay algo en ella que le hace torcer la cabeza casi de inmediato. No sabe qué es, pero la perturba. Todos los elementos de la imagen están perfectamente definidos, casi incluso saturados: las cenefas del papel pintado de lo que pudiera ser un dormitorio, la cortina del fondo, el paisaje del cuadro sobre el cabecero de la cama, el vaso de agua en la mesita de noche. Todo excepto la figura del difunto –o de lo que ella imagina que debe de ser el difunto, hombre o mujer, una silueta blanca sobre la cama–, cuyo cuerpo aparece borroso, velado por una nebulosa. Apenas puede distinguir una mancha sobre lo que debe de ser el rostro.

Ese contraste entre la definición de los contornos y el desenfoque del cuerpo sobre la cama la aturde y le genera una desazón en el estómago. Una especie de regusto amargo que sube hasta su garganta. Demasiados muertos para la retina, piensa después de cerrar el libro y dejarlo sobre la mesita de noche. Aunque también es probable que sea la tormenta, los truenos que no cesan o el olor intenso a químico fijador. Ese mismo olor que ya no se va de la cama en toda la noche. Como tampoco se marchan las imágenes cuando apaga la luz y se tapa con las sábanas a pesar de que aún hace calor. Todo continúa ahí, por mucho que entorne los párpados. En especial, la silueta borrosa, que permanece en su retina, balanceándose lentamente, como una niebla espesa que no se acaba de disipar.

Menos mal, se dice, que no cree en espíritus. De lo contrario, podría pensar que esa última foto la ha comenzado a poseer. Es lo que atraviesa su mente mientras trata de dormirse y el vacío denso a su lado comienza a dejarla sin aire. No piensa abrir los ojos para mirarlo. Sabe que es más oscuro que la oscuridad.

II. Un espejo con memoria

1

Al agacharse es cuando más le recuerda a Luis. No puede evitar mirarlo de reojo, con los pantalones remangados a media rodilla y las botas cubiertas de barro, tratando de quitar el fango del salón de la casa de la playa. Ha sido él quien se ha ofrecido a ayudar. Si hubiera sido por ella, aún seguiría en la capital. Aunque en el fondo se alegra de que su hijo desoyese las recomendaciones de la policía y encontrara anoche el modo de volver.

También los inquilinos han ayudado. Al final, han tenido suerte y solo ha entrado un palmo de agua. Afortunadamente, hicieron caso a los avisos de Protección Civil y pusieron en alto todo cuanto les fue posible. Aun así, lo más seguro es que tenga que comprar muebles nuevos para el próximo año. Sobre todo, el sofá y los armarios de los dormitorios. También la mesa del comedor. Las partes de conglomerado ya han comenzado a abombarse.

Le habían alquilado la casa hasta el final de septiembre, pero el verano se acaba aquí. Se lo han dicho esta misma mañana. En cuanto acaben de limpiar, volverán a Madrid. Por el dinero no tendrá que preocuparse; le pagarán hasta el final, como acordaron hace unos meses, como llevan haciendo desde que comenzaron a alquilar la casa hace siete años. Es lealtad, piensa Dolores. Aunque lo cierto es que ella ha mantenido el precio desde el principio. Y también la reserva, de un año para otro. Solo espera que regresen el verano siguiente.

Mientras retira el barro de la casa y piensa en lo que ha sucedido apenas dos calles más arriba, corrobora que ha tenido mucha suerte. Casas y comercios con el agua a más de medio metro. Ahora tendrán que tirarlo todo. Ella solo habrá de comprar algunos muebles y pintar las paredes. Poco más. Así que ha tenido suerte, sí. Aquí, en esta casa que alquila, y, sobre todo, en la casa en la que vive. Allí apenas se ha colado un poco de agua en el garaje. Luis siempre lo decía: esta casa es una isla.

Eso es lo que tiene en la cabeza mientras ayuda a Iván a echar paladas de fango al capazo. Nunca han quitado tanto. Cuanto más retira, más aparece. Es la tarea infinita. Solo después de varios días las baldosas del suelo comienzan a recuperar su color, aunque presume que el marrón de las juntas ya no se irá jamás. Como el olor a humedad y a barro podrido, la memoria invisible de la inundación.

En casa prefiere no ver las noticias. Lleva días con esas imágenes en la cabeza: el pueblo anegado, el pequeño mar, fundiéndose con el agua ocre y violenta de las ramblas, las casas inundadas, los comercios destrozados, los rostros impotentes de los vecinos, las lágrimas, las protestas, la angustia. Necesita pensar en otra cosa, cambiar la conversación. Quizá por eso le habla a Iván acerca de Clemente Artés: la llamada, la visita, las fotos, el libro.

Se lo menciona también porque sabe que es el único tema de conversación en el que ella no es una madre tratando a su hijo como a un niño sin padre. Cuando charlan sobre fotografía, tiene la impresión de estar hablando con Luis, como si su marido, lo que queda de él en el cuerpo de su hijo de veintidós años, asomase de golpe. Aunque físicamente no se le parece –todos dicen que ha sacado los rasgos de ella, el pelo rizado y la cara redonda–, sí ha adquirido algunos de los gestos de su padre: la manera exagerada de mover las manos al hablar –como si estuviese dirigiendo una orquesta– y, sobre todo, la forma de abrir los ojos y pestañear cuando algo lo emociona o le interesa. A veces le duele mirarlo.

Era el hijo mimado de papá, el deseado. Llegó más tarde de la cuenta. Ella estaba cerca de los cuarenta y él hacía tiempo que los había sobrepasado. Lo habían intentado por todos los medios. Con todos los tratamientos. Al menos, los que podían permitirse. Y cuando prácticamente ya habían perdido la esperanza, se quedó embarazada. Dolores cree incluso recordar la noche en que fue concebido. Al día siguiente se levantó con la sensación de que su cuerpo se había transformado.

Desde el primer momento, ella se obsesionó con la idea de que el niño tendría unos padres que serían como sus abuelos. Había conocido varias parejas así. Su prima Amelia. Un escape, como ella decía, que había terminado cuidando ancianos enseguida y se frustraba por no haber disfrutado de padres jóvenes. Lo que jamás podía pensar Dolores es que Iván no iba a ver a su padre convertido en un abuelo y que lo recordaría joven –lo joven que uno es a los cincuenta y cuatro años– para siempre.

Lo hizo lo mejor que supo. Pero no pudo evitar los momentos difíciles. Es normal, ha pensado muchas veces, se te rompe el mundo y compruebas que nada tiene sentido. No lo tenía para ella, que había vivido ya casi media vida, cómo lo iba a tener para un niño de once años.

Los primeros meses fueron los más difíciles. Iván apenas hablaba con nadie, resentido con el mundo, como si todos tuvieran la culpa de lo que le había sucedido a su padre. Dolores compartía ese resentimiento, aunque desde el principio tuvo que fingir que todo estaba bien y las cosas seguían en su sitio. Alguien debía continuar cuidando de la familia. De su hijo pequeño y también de su propio padre, que ya la necesitaba prácticamente para todo.

Una tarde, Iván encontró un sobre con algunas de las fotos de Luis que ella había vuelto a positivar. Dolores no tuvo que explicarle lo que suponía traer de nuevo al presente su modo de mirar. Al día siguiente, Iván le pidió a su madre una de las cámaras de Luis y varios carretes de blanco y negro y color. A pesar de haber vivido rodeado de fotografías, nunca había mostrado demasiado interés por la técnica. Pero durante esos meses apenas soltó la cámara. Fotografiaba sus negativos, sus cámaras, su equipo, su ropa, los rincones de la casa que le recordaban a él, un mapa inconsciente de su memoria

Dolores revelaba las imágenes con el corazón encogido. Cada fotografía era un cuchillo. Pero lo hacía por su hijo. A pesar del dolor, había algo sanador en aquellas fotos. Al menos para Iván. Y, en parte, así fue. Las fotografías le permitieron superar la pérdida, al menos asumirla. Hacerlo de una manera que ella jamás ha podido comprender.

Nunca ha sabido si fue por la edad, porque los niños se adaptan mejor a los cambios que los adultos, o por alguna razón desconocida, pero lo cierto es que Iván pudo moverse hacia delante y ella, en cambio, se quedó plantada allí, en el mismo lugar, varada en el tiempo. A veces imagina una carretera en la que dos personas comienzan a caminar y una va perdiendo poco a poco de vista a la otra. Es una emoción contradictoria. Por un lado, le alegra verlo pasar página. Pero, por otro, no puede evitar sentir que Iván la ha dejado sola con la pena, esa pena que ella le intentó evitar y que al final se ha quedado toda para sí. Aunque le cuesta reconocerlo, a veces quisiera que los demás regresaran a ese lugar. Todos. Iván, pero también Teresa. Que volvieran al dolor y la tristeza, que permanecieran inmovilizados por el vacío oscuro y continuaran hundiéndose con ella en esa ciénaga lóbrega de la que aún no ha encontrado el modo de salir.

Trata de ocultar ese pensamiento y guardárselo bien adentro. Pero en ocasiones aflora, y no sabe cómo frenarlo.

—No respetas nada. ¿Eso es lo que quieres a tu padre? —le gritó a Iván el Halloween en que volvió a casa de madrugada y la acompañó al cementerio con resaca y con el sello de la discoteca aún en el dorso de la mano.

Tal vez ese sea el origen de su distanciamiento. Ella lo comprueba en sus gestos, su silencio, su intimidad cerrada, que interpreta como un rechazo al duelo infinito de la madre. Y es consciente de que también por eso Iván lleva cuatro años en los que apenas vuelve a casa algunos fines de semana.

—Estoy a tope con las prácticas y los trabajos —suele excusarse.

—Esto no es una película americana —contesta ella—. Aquí tenemos familia. Tienes casa. Tienes a tu madre, sola... Ya la echarás de menos.

—No me chantajees, mamá —es su respuesta invariable.

Y el argumento la incomoda porque sabe que es cierto. Al menos en parte. Chantaje emocional. Por mucho que lo intente, no puede evitar caer en él una y otra vez. Pero qué va a hacer, se pregunta. Es su hijo y quisiera tenerlo a su lado en todo momento. Y, sin embargo, se esfuerza en comprenderlo y en ocasiones llega a hacerlo: que quiera estar en la ciudad y no en el pueblo. Y que volver a casa sea para él volver al pasado. Allí parecen habitar tiempos diferentes, como si entre madre e hijo hubiera una distancia imposible de salvar, la medida intrazable de los ciclos del duelo.

Una distancia que solo se acorta cuando aparece en escena la fotografía, como si en esos momentos el mundo se recompusiera y las imágenes hicieran brotar un lenguaje común. Es lo que sucede esta noche, cuando Dolores habla de las fotos y acaba mostrándole a su hijo el libro que le regaló Clemente Artés.

–Parece el libro de *Los otros* –comenta Iván–, la película de Amenábar, esa de Nicole Kidman –añade.

–Sé cuál dices. –La vio con Luis en el cine, cuando Iván apenas tendría tres o cuatro años.

–¡Qué fuerte! ¿Y dices tú que vas a meterte en esto?

–Aún no lo sé.

Dolores le enseña entonces las pruebas de las fotos que tomó en el tanatorio y su hijo las mira embelesado.

–No fue fácil evitar las sombras y los reflejos. El brillo del ataúd se lo comía todo.

–¿Qué cámara te llevaste?

–La F4 de papá. Con un Tri-X 400... cuatro años caducado.

–Pero ¡qué dices! ¿Cómo te la juegas así? ¿Y qué hiciste para evitar el velo?

–Pues magia, hijo. Un poquito de sobreexposición. Pero apenas se nota en el positivado. Algo más de grano, pero casi nada.

Mientras habla, Dolores percibe en su rostro los ojos clavados de Iván, la satisfacción de su mirada –la normalidad, al menos–. Es la fotografía, por supuesto, como siempre lo ha sido. Pero es también que hoy ella se siente más viva, como si esas fotos, sin saber exactamente por qué, hubieran comenzado a sacarla del letargo.

–Llama a ese hombre, mamá –acaba sugiriéndole–. Te sientan bien los muertos de los demás.

2

La imagen de los dos cruzando la puerta del tanatorio parece extraída de una película de misterio. Eso al menos piensa Dolores, que en todo momento observa la escena desde el exterior: el anciano, largo y delgado, con un sombrero negro y un traje gris oscuro, apoyándose en un bastón de madera con empuñadura plateada; ella, a su lado, rotunda, también vestida de oscuro, con el trípode plegado y la mochila de piel marrón con el material fotográfico cargado en la espalda.

Caminan despacio. Ella se percata de su fatiga. Clemente Artés ha mejorado en estos días, pero solo en apariencia. Es lo que ha dicho esta mañana cuando lo ha recogido en la puerta de su casa.

–Camino mejor, sí –ha contestado–, pero ya no soy el de antes.

Con la respiración entrecortada, le ha dado las gracias por aceptar con tanta premura. Anoche la llamó de improviso y le propuso que lo acompañara al tanatorio al día siguiente. Sin su ayuda tendría que declinar el encargo.

Dolores no tuvo que pensarlo demasiado. Le había dado tantas vueltas a la cabeza durante las últimas semanas que prácticamente aguardaba la llamada.

–No puede usted renunciar a su don –sentenció él antes de colgar.

Con esas palabras se fue anoche a la cama y se ha levantado al amanecer. Se ha puesto el pantalón negro de algodón y la blusa gris ceniza y ha tomado un café de pie en la cocina antes de introducir en el móvil la dirección del anciano. Incluso con el navegador, le ha costado encontrar la vivienda. La urbanización a medio construir, los solares abandonados, las vallas desnudas..., ha creído haberse equivocado de lugar hasta dar con la calle correcta.

–Esto se ha quedado en medio de ninguna parte –le ha dicho él mientras salían de la urbanización–. Creía que venía al paraíso y al final no he pasado del limbo.

En los apenas treinta minutos que ha durado el trayecto hasta el tanatorio, Clemente le ha explicado el encargo. Una mujer joven. Cuarenta años. Un cáncer se la ha llevado en menos de un año. Se lo ha contado con la mirada fija en la carretera y sin apenas inmutarse.

–¿Por qué alguien querría recordar un cuerpo desfigurado? –no se ha resistido a preguntar Dolores–. Con todas las fotos que hay de esa persona en vida...

–Porque el cuerpo sigue siendo la esposa, la madre, la hija..., hasta el final. También en la enfermedad. También en la muerte. Y, además, ellos no solo quieren recordar el cuerpo, también el momento. Se aferran incluso al ataúd. El último abrazo antes de cerrar la caja, la última vez que pueden mirar a su ser amado. *Et c'est tout.*

En el vestíbulo los recibe el viudo, un hombre corpulento con barba y gorra que los trata con amabilidad. A diferencia de la hija del amigo de Clemente, que evidenció su incomodidad el día en que Dolores se presentó en el tanatorio con la cámara y el trípode, el joven marido lo pone todo fácil desde el primer momento. Al fin y al cabo, ha sido él quien ha solicitado la foto. Dolores aún no puede entenderlo.

Muchos dudan al principio cuando les ofrecen el servicio en el tanatorio, le ha explicado Clemente en el coche. La mayoría lo rechazan. Pero los que se deciden, lo aceptan desde el principio como algo natural, como si por alguna razón vislumbraran el sentido profundo de la foto. Por eso tratan de facilitarlo todo, conscientes de que algo importante va a acontecer allí.

El anciano se acerca al hombre con templanza y le da la mano:

–Lo siento mucho –dice–. Espero que esta fotografía le ayude a usted.

Ella se fija en su comportamiento, sus formas, su ritual. Una cercanía similar a la de los empleados de la funeraria, próxima y al mismo tiempo distante, con el afecto justo para romper la tibieza de la administración.

Recuerda lo que ha comentado durante el trayecto: la desafección ayuda. El dolor es suyo. No se lo puede uno arrebatar. Eso es algo que se comprende con el tiempo.

Un empleado del tanatorio los acompaña hasta la sala. Se encuentran allí con las miradas recelosas de los familiares sentados en las sillas, que no parecen entender nada. Alguien se acerca al joven viudo y le comenta algo al oído. Él le responde en un tono inaudible y agarra sus manos, como intentando calmarlo. Dolores sospecha que la foto ha podido ser motivo de discusión para la familia. El hombre los mira y les dice que todo está bien, que pueden hacer su trabajo. Se acercan a la gran cristalera que ofrece la vista de la mujer en el ataúd, rodeado de ramos y coronas de flores. Mientras el encargado introduce la llave para abrir la puerta que da acceso a la pequeña sala interior, el marido se detiene unos segundos ante el cristal, como si de repente le hubieran entrado las dudas. Clemente lo mira en silencio. Ella trata de imitar su comportamiento.

Cuando logran acceder a la pequeña sala, Dolores siente el frío en sus mejillas. Esta vez ha traído algo de abrigo. Una chaqueta negra de cuero cubre sus brazos y la protege de la temperatura frigorífica.

–Puede usted quedarse –le indica Clemente al viudo.

También se lo ha explicado en el coche cuando ella ha preguntado si era habitual que la familia estuviera presente, a pesar de las escasas dimensiones de la sala. Es la mejor forma de que no crean que vamos a arrebatarle algo. Ellos quieren estar todo el tiempo con su familiar. Permanecer allí mientras tomamos la foto los reconforta. También es un modo de recordar el momento. Para algunos es ya una primera despedida.

Todo esto lo ha comentado el anciano en el coche. Porque durante la realización de las fotografías apenas habla. Como un cirujano, le solicita a Dolores los objetivos, el trípode, incluso le pide que mueva un pequeño reflector para matizar las sombras. Pero en ningún momento llega a decir: así hay que hacer tal o cual cosa.

Dolores evita mirar a la difunta. Sus ojos vagan de un sitio a otro, tratando de no fijarse en nada concreto, salvo en el rostro del anciano, que, antes de comenzar el proceso, se queda unos segundos inmóvil frente al cuerpo. Hay que ver la foto primero, antes de mirar por el objetivo. También ella lo sabe. Hacer la foto con los ojos antes que con la cámara.

Dolores estudia, en silencio, sus movimientos, el ritual respetuoso. Más que nunca, percibe la detención, como si en ese espacio helado el tiempo se hubiese evaporado. En realidad, no hay tantas fotos que tomar, y técnicamente no es tan complicado. Situar el trípode, incluso para los detalles

–el rostro, las manos, las flores–, encuadrar, enfocar, jugar con la profundidad de campo, dejar una larga exposición... Pero Clemente se demora y se afana en cada paso. También se lo ha explicado en el coche:

–El cuerpo no se mueve, *c'est vrai*. Pero es necesario captar algo más. El aire, eso que está ahí, aunque no se pueda ver.

Desde el principio, Dolores ha entendido que se trata de una labor ceremonial. Pero no lo comprende del todo hasta que presta atención a la actitud de Clemente detrás del objetivo, petrificado frente al cadáver. Es entonces cuando no puede evitar pensar en Luis. En cómo su marido habría interpretado esa escena. Para él también la fotografía captaba algo que no era perceptible a través de los ojos. La atmósfera, lo intangible. Lo que no se ve, decía, es lo que cuenta. A Dolores siempre le pareció un misticismo ingenuo. Y en más de una ocasión discutieron por eso. Ella creía –sigue haciéndolo– que la fotografía vuelve las cosas aún más visibles, que las resalta y las hace ver mejor. Pero jamás ha compartido la idea de que hay algo más ahí y que eso es precisamente lo que la foto capta. Lo invisible, por definición, no puede ser visto. Y mucho menos fotografiado.

Hoy no lo discute con Clemente. Simplemente lo observa. Distingue en su mirada algo que nunca estuvo presente en la de Luis. En la de él había una intuición. En la de Clemente descubre una certeza, una creencia. Como le ha anticipado:

–Esto es mucho más que una fotografía. Es un acto de memoria. Un homenaje.

Cuando salen del tanatorio, tiene de nuevo la impresión de haber regresado al mundo real. El sol se encuentra en lo

61

alto. Se desembaraza de la chaqueta de cuero y una brisa cálida acaricia la piel de sus brazos. Ha comenzado octubre, pero aún no ha llegado el frío.

En el trayecto de vuelta a casa, apenas comentan lo que acaba de suceder. Clemente parece necesitar el silencio. Lo nota fatigado.

–Es importante esto –acaba diciendo–. El respeto. Creo que usted también lo entiende así.

Dolores asiente. Las palabras no son necesarias ahora.

Conduce hasta la casa y lo acompaña a la puerta. Vasil los recibe allí y ayuda con el material. Dolores apenas se asoma al pasillo, pero tiene la oportunidad de fijarse en la cantidad de fotografías que cuelgan de las paredes. La casa parece un museo.

–¿Quiere usted quedarse a almorzar? –le pregunta el anciano.

–Otro día, con tiempo.

Es consciente de que ese día llegará. También ese tiempo.

3

Es ella quien revela los carretes en el estudio. Clemente le ha ofrecido la posibilidad de llevarlos al centro de revelado con el que suele trabajar, pero Dolores se ha comprometido a hacerlo. De nuevo, se siente más cerca de la mujer difunta al verla aparecer sobre el papel que al estar junto al cuerpo en el tanatorio. Observa el contraste del rostro con las flores de fondo. El perfil nítido y las flores difuminadas. Aunque le cueste admitirlo, encuentra cierta belleza en la imagen. Más allá de la tragedia que muestra. Tal vez sea por el blanco y negro, que le resta inmediatez a la escena. Se lo comentó el anciano por teléfono: el color es demasiado específico, demasiado obvio. Aunque se trate de una convención, el blanco y negro abre el tiempo, no muestra un momento concreto de la historia, sino el pasado en abstracto, la memoria.

El rostro demacrado de la mujer, consumido por la enfermedad, no pertenece entonces solo a un instante determinado, al día de la muerte. El aura del blanco y negro lo sitúa también fuera del tiempo. Sobre todo para aquellos que conocieron ese rostro joven y sano.

Es consciente de que ese cuerpo que ella observa será

diferente al que verá el joven viudo. Ella contempla el rostro aislado, la última imagen. Pero el marido y todos aquellos que hayan conocido a la mujer verán ahí solo un estado del rostro, un momento, el fragmento de una serie. Lo compararán con las facciones conocidas. Dirán: la enfermedad la consumió, con lo bella que era. Dirán: no se parece a quien fue. O dirán también: ahí está su esencia. No importa lo que haya sufrido. Es su rostro. Es su cuerpo. Sigue siendo ella. Incluso ahí. Mi mujer, mi hermana, mi hija, mi tía, mi amiga. Porque ahí, en ese rostro suspendido en el tiempo, están contenidos todos los rostros. La vida y la muerte, entrelazadas.

¿Cómo es posible que un rostro deje de ser un rostro, que la muerte convierta una faz conocida en una superficie extraña? Con Luis no lo pudo comprobar. Su rostro continúa fuera de campo. Sigue siendo una imagen vacía. Con su padre ocurrió en apenas unos segundos, después del último aliento. Esa imagen la tiene clavada en la retina. Igual que la de su madre y la de todos los conocidos que ha contemplado a través del cristal del tanatorio. Sin embargo, por alguna razón, ninguna de esas imágenes ha logrado sustituir en su memoria la del rostro difunto de su abuela Remedios.

La tata Reme. Es mejor que la recuerdes como era en vida, le dijo su tía el día que murió. Dolores tenía nueve años y la tata aún no había cumplido ochenta. Después lo ha pensado mucho. Siempre le pareció una anciana, enlutada, con los bolsillos del delantal llenos de pañuelos y papeles.

Poco después de que Dolores comenzara el colegio, la tata se postró. Tres años y medio aguantó así. Nunca la escuchó quejarse. Siempre estaba bien. Al menos eso le decía todos los días cuando entraba a darle un beso de buenas noches y ella le sonreía y le agarraba la mano durante unos segundos. También la noche en que murió. Descansa, Lolica, le dijo, como cualquier otra noche, con el mismo gesto amable, con la mano agarrada y la sonrisa perpetua.

Primero oyó el revuelo desde su habitación. Luego, se levantó y se encontró la puerta cerrada. Esperó fuera hasta que su madre salió de allí. La tata se ha muerto, le dijo con los ojos rojos y el rostro húmedo, quédate en tu cuarto. No hubo más drama. Solo la advertencia: quédate en tu cuarto, no estorbes. No puede olvidar el silencio momentáneo, como si todo se hubiera detenido. Y al rato, de repente, la agitación. En mitad de la noche. Todo en apenas unos segundos.

Con la puerta entreabierta, observó el trasiego continuo de personas a la habitación. Las vecinas. Luego el médico. Y, por último, los empleados de la funeraria. Todo eso lo ha reconstruido después, las veces que ha evocado lo que sucedió aquella noche. Pero en esos momentos ella solo veía gente. Gente en la habitación. Y después, gente en la casa, cada vez más. La casa atestada de sillas. Esa imagen tampoco se va de su cabeza. Muchas las llevaron las vecinas, pero la mayoría las acercó su padre del bar. Las sillas de metal, en el pasillo de la casa.

También recuerda el olor a café. Las cafeteras que preparó su tía Josefa. Ella fue quien la atendió esa noche y la hizo partícipe de lo que estaba ocurriendo allí. Anda, ayúdame con los vasos, Lolica. También fue ella la que intentó explicarle lo que había pasado:

—Sabes que se ha muerto tu tata, ¿verdad? Se ha apagado como una vela. No ha sufrido. Y se ha ido a un sitio mejor. Está ya en cielo, con el chache Juan —así llamaban a su abuelo—, descansando. Tendremos que rezar por ella, pero no sufras. No te preocupes.

Dolores no ha olvidado aquella conversación. Su tía le

65

explicó la muerte como si fuera una niña pequeña. Ella asentía a lo que le decía, pero no se creía ese cuento de que la tata estaba en el cielo. Estaba en su habitación. Y ella quería verla. Por encima de cualquier otra cosa.

—No entres, Lolica —le rogó su tía—. Es mejor que la recuerdes como era.

Esa es la frase, la expresión: que la recuerdes como era. ¿Cómo era? No podía haber cambiado demasiado desde la noche anterior, cuando la besó y le dio las buenas noches. Era su tata Reme. Se había muerto, pero cómo no iba a verla, cómo no iba a entrar, cómo iba a romper lo que viera allí el recuerdo que tenía de ella. Así que, desoyendo todas las advertencias, irrumpió en la habitación. Y lo que encontró dentro no se marchó nunca ya de su cabeza.

La tata estaba en un gran ataúd de madera, elevado sobre dos pequeños soportes de metal. Lo primero que pensó fue que debían de haber buscado una talla muy grande para que cupiese su cuerpo rechoncho con sus más de cien kilos —como siempre decía su madre—. Una tela blanca de raso cubría todo el cuerpo y solo dejaba a la vista la cabeza. Se preguntó si debajo llevaría el camisón o alguno de sus vestidos negros, o si le habrían puesto el delantal oscuro de rayas con el que ella siempre la había conocido. Incluso miró inmediatamente hacia el perchero para comprobar si estaba allí colgado, con el nudo deshecho y los bolsillos cargados de pañuelos.

Pero lo que llamó enseguida su atención fue el rostro. Pensó que en realidad sí que tenía razón su tía: aquella ya no era exactamente la cara de su tata. Algo se había transformado. El tono de la piel, un amarillo mate, como de cera. Pero sobre todo la seriedad, los labios apretados, como si estuvieran pegados —aún no sabía que en realidad sí que lo estaban—. Allí ya no residía su sonrisa, esa con la que la despidió apenas unas horas antes de morir. Era su cara, pero no era su gesto.

Se quedó unos minutos frente al ataúd, paralizada. No se acercó mucho más. No la tocó, no la besó. Tampoco lloró en ese instante. No concebía aún que su tata ya no iba a volver, que había muerto y las había dejado. Lo que estaba viendo desbordaba cualquier emoción. Era una imagen que aún no sabía cómo interpretar.

Su madre no dejaba de llorar y no encontró en ella consuelo. Hasta donde recuerda, fue la niña la que trató de reconfortar a la adulta. Dolores vivió todo aquello con una frialdad –ahora lo piensa– que no era propia de una muchacha de nueve años. Después sí que lloró sin consuelo. El llanto explotó cuando el ataúd salió por la puerta de casa. Ese fue el momento en que sintió que la tata sí que iba a otro lugar, sí que abandonaba la que había sido su casa. Y se preguntó por qué se la llevaban tan pronto, por qué no la dejaban un poco más allí.

Tampoco ha olvidado los días siguientes. La oscuridad y el silencio. La casa se convirtió en una especie de cueva. Las persianas bajadas, la tele apagada. Los vestidos negros de su madre, las medias oscuras y el pelo sin lavar. La vio envejecer de repente, como si aquella mujer joven se marchitase de la noche a la mañana.

El bar tardó tres días en abrir. Fue la única vez que echó de menos el ruido. Su madre se incorporó una semana después.

En el bar la tele sí estaba encendida. Y aunque al principio el vocerío parecía contenido, el sonido de la máquina tragaperras y la algarabía de las partidas de dominó trajeron de vuelta la vida. Pero, al llegar a casa, regresaba el silencio y la oscuridad. Fue la única vez que prefirió estar en el bar en lugar de en la casa.

No sabe exactamente cuánto tardó su madre en encender el televisor en el salón. Varias semanas. Tampoco lo que se demoró en levantar las persianas y quitarse el luto. Lo que sí sabe es que ella esperó más de un año para entrar en la habitación de la tata. Y que la escena del cuerpo en el ataúd no se le fue de la cabeza durante mucho, muchísimo tiempo.

Ha perdido a sus padres, a amigos queridos, al amor de su vida, pero la imagen más clara de la muerte continúa siendo aún la de aquel día, aquella figura, aquel silencio, aquella tristeza que aún no podía entender. Hay imágenes que nos acompañan para siempre y se convierten en una especie de molde invisible sobre el que se forman todas las demás. Lo comprende hoy, cuando, al revelar la fotografía del rostro inerte de una desconocida, una astilla punzante atraviesa su memoria.

4

Esta vez encuentra la casa con más facilidad, al final de la urbanización a medio construir. También tiene la oportunidad de fijarse en los carteles blanquecinos, casi desvaídos, de la promotora de viviendas. No se extraña al descubrir allí el nombre de la empresa del exmarido de Teresa: Futura Maris. A ella siempre le resultó pretencioso y paradójico. Le sonaba más a pasado que a futuro. Y ahora, al contemplar las ruinas de los edificios sin terminar, piensa que estaba en lo cierto. Es posible que fueran las últimas promociones antes del pinchazo de la burbuja y la suspensión de pagos. Salvo algunas calles, seguramente las primeras fases, el resto de la urbanización es un acumulación de vestigios. Restos de maquinaria y materiales de construcción, fosilizados ya con el terreno. Tiene la sensación de que todo se abandonó de la noche a la mañana, como si realmente el estallido de la burbuja provocase que todos saliesen corriendo en estampida y no regresaran siquiera para recoger los andamios y desmontar las grúas, varadas ya para siempre en un futuro que nunca llegó a ser presente.

Esa extraña emoción es la que la posee al atravesar las calles de la urbanización. La sensación de estar a la vez antes y después. Y sobre todo la conciencia de la desolación, el desconsuelo por aquello que se ha extinguido antes incluso de comenzar.

Aparca el coche y alcanza del asiento trasero las pruebas de las fotos que ha revelado. Mira el reloj del salpicadero: las doce menos cuarto. Hoy ha bajado la persiana de la tienda antes casi de levantarla.

Es Clemente quien abre la puerta y la invita a pasar. Incluso para estar en casa viste con elegancia. Dolores repara en el brillo de los zapatos de piel oscuros. Ella nunca ha logrado abrillantar así los suyos, por mucho empeño que le ponga.

Está solo, le aclara. Vasil libra algunos días. Ella no dice nada, pero considera que alguien de su edad, y sobre todo en su estado, debería vivir acompañado.

Ayudándose del bastón, el anciano la conduce hasta la sala de estar. Su perfume, ese olor a madera recién cortada, se extiende por todos los rincones de la casa.

Aunque trata de no parecer curiosa, presta atención a todos los detalles que la rodean, especialmente a las fotografías que cuelgan de las paredes y a las cámaras y artilugios fotográficos –lentes, reflectores, fotómetros...– que pueblan las estanterías del salón.

–Tiene usted aquí un buen museo –dice al acomodarse en una esquina del gran sofá de cuero que preside la estancia.

–Me gusta estar rodeado de todo esto. Es lo único que me queda.

Antes de sentarse junto a ella, Clemente se acerca a una especie de mueble bar junto a una de las estanterías y le pregunta:

—¿Le apetece algo de beber? ¿Un pastís?

Dolores asiente. Le gusta el modo en que pronuncia las eses, demorándose en ellas con suavidad.

Con lentitud, saca una botella de Ricard y la deja sobre una pequeña mesita de madera frente al sofá. Apoyándose en los muebles, camina hacia lo que debe de ser la cocina y al poco vuelve con una botella de agua y unos vasos con hielo sobre una bandeja.

Dolores se levanta instintivamente para ayudarlo, pero Clemente le replica que no se preocupe. Llega a la mesa, se sienta y, con parsimonia, mezcla la bebida con un poco de agua.

—Si no —aclara—, sabe demasiado a anís.

A ella le suena la botella, tal vez la haya visto alguna vez en un bar, pero nunca ha probado el Ricard. En efecto, le sabe a anís, pero algo más suave y refrescante.

—Es de las costumbres francesas que no logro quitarme de encima. Eso sí, me lo permito poco.

Dolores saca las fotografías y las pone sobre la mesa. Clemente las mira en silencio, examinándolas una a una:

—Hicimos un buen trabajo, ¿no cree?

Ella asiente y da un sorbo al pastís. El hielo ha comenzado a diluirse y ahora le resulta algo menos dulzón.

—Me gusta el contraste del rostro con las flores —comenta ella—. Y el blanco y negro, es cierto, lo hace todo menos concreto. Tenía usted razón. Aunque en su libro vi también alguna en color.

—Muy pocas. El color es violento. Determina demasiado el instante. Por eso siempre he preferido el blanco y negro. Al menos en la fotografía mortuoria. Posee un aura que beneficia a quien las mira.

El anciano toma un trago y añade:

—¿Le gustó el libro entonces?

Gustar tal vez no sea la palabra, piensa Dolores. Pero asiente con la mirada.

–Es su colección, ¿verdad? Artés...

–Artés Blanco –precisa–. El destino quería que huyese del color. –Ríen los dos–. ¿Le gustaría a usted que le mostrase algunas?

–Si no es demasiada molestia...

Clemente se levanta no sin cierta dificultad y le indica que la acompañe. Ella deja el vaso sobre la mesa –es refrescante el pastís, pero ya ha bebido suficiente– y lo sigue unos metros por el pasillo. Si la casa parece un museo, la habitación en la que entran ahora se asemeja a una cámara de las maravillas.

–Este sí que es mi pequeño museo –dice al abrir la puerta–. Solo para mí. Para usted, ahora.

Todo el espacio –casi tan grande como el salón; probablemente dos habitaciones unidas– está rodeado por estanterías de madera oscura, tal vez ébano, y vitrinas repletas de fotografías enmarcadas.

Pasa un tiempo hasta que comienza a reconocerlo todo. Son las ilustraciones del libro, la colección desplegada. Recuerda la clasificación: muertos que parecen vivos, muertos que parecen dormidos y muertos retratados como muertos. Las fotos en las vitrinas siguen el mismo orden. Así, todas a la vista, la impresión es aún más desasosegante que en el libro. Un gran mosaico mortuorio.

Clemente se sienta –más bien, se deja caer– en un pequeño sillón de respaldo alto situado en el centro de la habitación.

–A veces paso aquí las horas, conversando mentalmente con las fotografías.

Según le cuenta, las ha ido comprando a lo largo de los años. En anticuarios y también a particulares. Las tiene todas catalogadas. Al menos a su manera. Ahora mismo estará cerca de las dos mil. El libro solo recoge algunas de ellas. Comenzó a coleccionar en Marsella, cuando descubrió la fotografía post mortem, y de vez en cuando aún compra alguna cosa. Con internet es todo más fácil.

–Una colección –admite– no se acaba nunca. Cada foto es una constatación del final. Cuando me siento aquí, trato de aceptarlo. Aceptar que me llegará. Como ha llegado a todos los que aparecen ahí. Es importante ser consciente de eso.

Dolores lo imagina sentado frente a las fotografías, contemplándolas como quien mira un acuario o una pantalla de cine. O, mejor, como quien reza ante un mausoleo. La iluminación tenue de la estancia, seguramente la más adecuada para no dañar las fotos, y los tonos oscuros de la gran alfombra que cubre el suelo de mármol enfatizan esa sensación de recogimiento fúnebre. Por un instante, le parece estar en un cementerio. Solo falta el perfume de las flores.

Aunque ha visto muchas de esas fotos en el libro, cuando se aproxima a las vitrinas le sorprende su materialidad. En la página impresa todo se uniforma, pero aquí varían los tamaños, el enmarcado, el grano, la textura del papel, incluso los tonos del blanco y negro. En las vitrinas, aparte de imágenes, las fotos también son objetos. Objetos físicos que ocupan un lugar.

Ese sentido corpóreo lo advierte especialmente cuando se acerca a los daguerrotipos. Los imaginaba más grandes. Pero muchos, guardados en pequeñas cajas de madera, parecen reliquias minúsculas.

–Puede abrir la vitrina y cogerlos –dice Clemente–. Se montaban así, encastrados, como relojes de mano. Son muy difíciles de conseguir ahora. Los daguerrotipos post mortem, digo. Ya no puedo pagar esos precios. Pero son la joya de la corona.

Enfatiza que ahí se encuentran los auténticos orígenes de la fotografía. Y también el verdadero sentido del retrato mortuorio. Es la genuina imagen última. La fotografía en papel se puede reproducir. Pero el daguerrotipo es una imagen única, como la pintura.

–Un espejo con memoria –concluye–. Literalmente. Un momento del tiempo que ya no volverá a repetirse. Ahí está la muerte real, el último reflejo del cuerpo de alguien.

Dolores abre la vitrina y toma uno con cuidado. Los había visto de lejos en el curso de fotografía al que asistió con Luis, pero nunca había tenido ninguno en las manos. Le llama la atención sobre todo la cajita de madera tallada que lo protege. Parece un pequeño libro. O, mejor, una especie de joyero. Lo cierra y lo abre para observar cómo la imagen aparece ante ella. Tiene que inclinarlo ligeramente para distinguir la foto y evitar el reflejo. No es tan fácil encontrar el ángulo perfecto de visión. Si lo ladea demasiado la silueta se pierde y se transforma en negativo. Entiende que ver, ahí, es también un movimiento del cuerpo, una maniobra de precisión.

Reconoce la figura que encontró en el libro. Uno de los retratos durmientes. La niña, recostada sobre un pequeño diván, con las manos entrelazadas y los piececitos desnudos asomando bajo el vestido blanco, sumida en un letargo profundo. Tiene que moverlo ligeramente para evitar el reflejo y apreciar con nitidez la imagen. Le sorprende la limpieza de los contornos de la figura. La imagen definida y exacta. Y junto a ella, en la otra parte de la cajita de madera, lo que parece ser un pequeño mechón de pelo sujeto por un lazo rojo, cubierto, como el propio daguerrotipo, por un finísimo cristal.

–¿Es...? –comienza a decir.

–Sí. Los restos del cuerpo. Una reliquia. Por esa misma razón lo guardaban así, como una joya. En el fondo, es exactamente eso, un tesoro.

–Es triste –reconoce ella, que no puede dejar de mirar el daguerrotipo, de moverlo hacia los lados, como si estuviese manipulando un objeto mágico.

–Y hermoso –añade él–. Tiene usted en sus manos un cuerpo.

Con las palabras de Clemente aún resonando en su cabeza, regresan al salón y allí Dolores se fija en otra imagen que antes le había pasado desapercibida. Por el reflejo también diría que se trata de un daguerrotipo, aunque algo más grande que los que ha tenido en la mano, y en lugar de estar en una cajita de madera cuelga de la pared, enmarcado como un espejo. Tiene que mover el cuerpo hacia un lado y torcer ligeramente el cuello para descubrir la imagen: el rostro de una mujer, girado hacia una ventana por la que entra la luz, con un niño pequeño en brazos. Parece salida de otro tiempo.

–Es mi mujer, Gisèle –la interrumpe el anciano, al descubrirla embelesada con el retrato–. Y mi hijo Eric.

–Es hermosa –reconoce.

–Lo era. Vinimos aquí para pasar la vejez cerca del mar y apenas pudo disfrutar de esto.

–Lo siento mucho. ¿Y su hijo?

–Sigue en Marsella. Tiene allí su vida.

–¿Hace mucho que no lo ve?

–Tiene allí su vida –repite entre amargo y cortante, como si no quisiera que la conversación continuara por ahí. Eso, al menos, es lo que entrevé Dolores, que también cree que ha llegado ya el momento de marcharse. Se ha hecho la hora de comer y no puede evitar preguntarse si el hombre tiene algo preparado. No sabe cómo aludir a eso sin resultar impertinente.

–¿Se queda usted solo ahora? –es lo único que se le ocurre decir.

–Vasil viene a las dos –la tranquiliza él–. Traerá pollo del asadero del pueblo. No crea que paso hambre.

Dolores se percata de la contundencia en la respuesta. Hay en ella una especie de ironía, pero también advierte ahí una afirmación sin fisuras, como si el anciano quisiera marcar una frontera precisa: es mi vida, todo está controlado, no hace falta que venga usted a decirme qué es lo que debo hacer.

Antes de acompañarla a la puerta de la casa y despedirse con un apretón de manos, le dice:

–Por cierto, sería conveniente que las fotos las llevase personalmente.

–¿Cómo?

–Las fotos que tomamos. Deben llegar a la casa del joven viudo. Igual que llegan las flores. Es un regreso. Usted toca a la puerta, pero no es solo usted. Es también lo que lleva consigo. Algo importante que retorna al hogar.

5

—Lo que más me ha impresionado ha sido la mirada —le ha confesado a su cuñada después de pedir al camarero una botella de Casa Castillo—. El modo en que ese hombre se ha quedado observando la fotografía. El gesto de cariño. Como si estuviese realmente mirando a su mujer.

—¿Y tú qué le has dicho?

—¿Qué podía decirle?

Esa misma es la pregunta que se ha hecho esta tarde y la que sigue sin lograr responderse. Debería aprender alguna fórmula. Seguro que Clemente habría salido más airoso. Pero ella se ha quedado sin palabras una vez más.

No se saca de la cabeza la manera en la que el joven viudo ha mirado la imagen. No como se mira a un difunto, sino como se mira lo que más se ama. La alegría lánguida de quien recupera un vestigio de quien se fue.

Ha tenido toda la tarde esa mirada metida en el cuerpo. Lo que hacen las imágenes. El poder de una fotografía.

Con esa sensación contradictoria se ha vestido para la cena con Teresa, casi de modo automático, olvidando por momentos que hoy celebraban la reapertura del restaurante del puerto. También una alegría paradójica. Fue uno de los edificios más afectados por la inundación. El agua lo arrasó todo. Incluso llegó a derribar parte de la fachada. Dolores estaba convencida de que eso iba a ser el fin del negocio, como lo ha sido para algunos otros que aún no saben si podrán regresar. Sin embargo, en poco menos de un mes, el restaurante ha logrado abrir. Y la inauguración es una mezcla de alegría y abatimiento. La celebración de que siempre es posible salir adelante, pero también la tristeza por todo lo que ha quedado atrás. La fortuna de una segunda oportunidad, la satisfacción de la perseverancia. Pero también la indignación que late debajo. Dolores puede percibirlo esta noche. Lo advierte en el rostro contraído de los camareros, en la sonrisa forzada, en las posturas tensas, en la manera en la que sirven las comandas... No es tan evidente, pero ella los imagina luchando en todo momento contra alguna fuerza invisible.

Han conseguido sentarse en su mesa habitual, la que mira directamente hacia el ventanal desde el que se divisa el mar. Se ven desde ahí ahora los restos de la inundación, las manchas de barro en la pared y las ruinas de los muros derribados. Carlos, el propietario, ha decidido conservarlas. También la marca de la altura hasta donde llegó el agua.

—No quiero que se me olvide —les ha dicho antes de tomarles nota.

Ellas han pedido hoy las tapas más costosas. Las vieiras, las quisquillas, la lubina salvaje, incluso un vino caro de la carta.

—Es la única manera de que esto salga adelante —ha dicho Teresa, elevando su copa de jumilla—. Al menos estamos vivas. No como los muertos de tus fotos. Venga, mujer, cuéntame cómo va eso del viejo.

Ha sido entonces cuando Dolores le ha hablado del encargo, de la visita a la casa de Clemente, de la colección de fotografías mortuorias y de la entrega de las fotos al viudo. Y ha sido también entonces cuando ha comprobado cómo el gesto de Teresa se ha ido alterando poco a poco hasta terminar explotando:

—No entiendo, de verdad, cómo te has metido en esto. Conforme te escuchaba, se ha me ha erizado todo el cuerpo. ¿No te parece un poco disparatado?

—A mí no.

—Pues a mí sí. Mucho.

Se quedan las dos un instante en silencio, como si la conversación se hubiera zanjado de repente.

—Que, igual como curiosidad, vale –dice por fin Teresa–. Pero dedicarle tiempo a esto..., ¿tú estás segura de que te hace bien?

—¿Por qué me tiene que hacer mal?

—Porque a lo mejor no es necesario que pongas más muertos en tu vida.

—Estos no son míos.

—Pues eso mismo. Que ya tienes bastante con los tuyos, ¿no? –Duda un segundo y añade–: ¿O es que te quedaste con ganas de ver alguno más?

—¿Qué quieres decir?

—Tú ya sabes lo que quiero decir.

—No sigas por ahí, Tere –la corta ella inmediatamente. No está dispuesta a tener ahora esa discusión.

—Lo siento. Pero es que no lo entiendo.

—Ya sabes que yo no...

—No podías, lo sé. Y eso sí que lo puedo entender. Aunque todavía tenga pesadillas con esa noche. Pero, bueno, no vamos a entrar ahora en eso.

—Mejor que no. –Dolores resopla y ladea la mirada.

Es muy consciente de que esa sigue siendo una conversación pendiente y no está dispuesta a mantenerla esta noche.

La tarde de la muerte de Luis, viajaron las dos juntas

hasta el hospital de Antequera, adonde habían llevado el cuerpo después del accidente, en plena A-92 en dirección a Jerez. Pero, al llegar, Dolores se derrumbó y no pudo entrar en la morgue. No tengo fuerzas, le dijo a Teresa. Y ella se ofreció a hacerlo. Tiene clavado aquel día en la memoria, aquel pasillo, y también aquella espera, aquellos minutos eternos en los que piensa a veces que comenzó a originarse el vacío oscuro que le corta la respiración.

Cuando Teresa volvió, las dos se abrazaron, pero no se dijeron nada. Sí, había reconocido el cuerpo. Eso era lo único que tenía que saber.

–He hecho lo que había que hacer –le comentó en el viaje de vuelta. Y Dolores lo entendió como un reproche. Había sido valiente y ella cobarde.

Después de aquella madrugada, no han vuelto a hablar de ese momento. Pero Dolores sospecha que aquello generó entre ellas algún tipo de jerarquía respecto a la pérdida. Su cuñada se movió e hizo frente a la situación mientras que ella, ya desde esa misma noche, se quedó quieta, inmóvil, paralizada, fija en un territorio del que todavía no ha encontrado el modo de salir.

Aunque es posible que sean imaginaciones suyas, en ocasiones piensa que algo de aquel momento, de aquella superioridad, pervive aún en la mirada de Teresa. Precisamente por eso puede comprender su reacción ante lo que le ha contado esta tarde. Se pone en su lugar y admite lo inexplicable que puede sonar desde fuera, sobre todo para ella. Así que, en última instancia, decide bajar el tono de la conversación y concluye:

–No te preocupes por mí. Esto es otra cosa. Es solo fotografía. De verdad. Sé lo que estoy haciendo.

–En fin –asiente–, mejor que tú no te conoce nadie.

–En eso, ves tú, sí que tienes razón.

Teresa sonríe leventemente. Dolores ya está acostumbrada a atisbar en ese gesto la sonrisa de Luis. Las aletas de la nariz abiertas y los labios apretados, como si estuviera conteniendo el aire, guardándose algo para sí misma.

–Bueno, pues hablemos de gente viva –anuncia–. Hay un hombre que se muere. Pero de ganas de conocerte.

–¿Cómo dices?

–El director del Archivo Fotográfico de la Región.

Dolores pone cara de no entender nada.

–¿Te acuerdas del médico que te dije que me hacía tilín? –Dolores asiente–. Pues el otro día cenamos con un amigo suyo, Alfonso, el director del sitio este, y, no sé por qué, saliste tú a relucir. Supongo que yo le comenté que tenía una cuñada fotógrafa. Y a él se le abrieron los ojos. Pero cuando le dije que habías fotografiado a un muerto y habías conocido a un viejo que hacía esos retratos macabros, ya no se pudo contener. Tenías que haberle visto la cara.

–No será para tanto.

–Me dio su número y me insistió, por favor, en que organizáramos algo. Es un hombre elegante.

–Ay, Teresa... –la corta Dolores.

–Aunque sea solo por curiosidad. No pierdes nada.

–No sé...

–Mira, Lola, por curiosidad te has metido a hacer fotos de muertos y estás enredada con el viejo ese, ¿no? Vente un rato con los vivos.

–Ya veremos.

–Eso es que sí.

–Eso es que ya veremos.

6

¿Está segura de que le hace bien todo esto? La inquietud que le ha provocado la conversación con su cuñada tarda varios días en marcharse. Es solo fotografía, le contestó, ya está. Pero en el fondo presiente que hay algo más. Mucho más.

Las palabras de Teresa la han llevado a pensar de nuevo en la noche más aciaga. También en el día siguiente. El velatorio y el entierro. La cobardía de no poder mirar el rostro reconstruido de Luis. Y, por supuesto, la culpa. La toma de conciencia de que, en cierto modo, todo había sido responsabilidad suya. La distancia, las decisiones. Lo que había dicho, lo que había pensado. Lo que jamás podrá contar a Teresa. Ni a ella ni a nadie. Lo que no se atreve a formular. El vacío que se condensa a su lado.

¿Le hace bien todo esto?, se vuelve a preguntar. No lo sabe, pero de lo que está segura es de que no le hace mal. Al fin y al cabo, como también le contestó a Teresa, no son sus muertos, no es su dolor. Eso es lo que cruza por su cabeza mientras revela las copias definitivas de las fotografías de la joven difunta, y no puede evitar un leve aguijonazo al imaginar al joven viudo recibiendo el resultado final.

–Dice que las quiere todas –le informó Clemente ayer por teléfono–. Es necesario dejar que elijan. Pero casi siempre se aferran a todo lo que queda.

Cuando acaba el proceso, las prepara en un sobre e introduce ahí los negativos. También en ese momento, al desprenderse de algo que durante un tiempo ha sido cercano, le embarga un cierto desconsuelo. Continúa con esa sensación cuando lo lleva todo a la casa de Clemente y, después de dejarlo sobre la mesa del salón, trata de acomodarse en el sofá. El anciano ha preparado un álbum de terciopelo negro en el que entregarán las fotos. Tiene el tamaño de un libro, con un pequeño cierre de metal dorado en el centro del lado derecho. Más que un álbum, parece un relicario, un estuche que guarda la memoria más preciada. Es el formato con el que siempre ha trabajado, le explica. Afortunadamente, la empresa no ha cerrado y sigue fabricándolos. Aun así, siempre compra más de la cuenta y los tiene almacenados.

–Me gusta el tamaño y la textura –dice, ofreciéndoselo a Dolores–. Es como acariciar un cuerpo.

Ella alarga su mano y roza levemente la superficie mullida del libro. El rastro de sus dedos se queda marcado en el terciopelo de la cubierta.

Con los codos apoyados en la mesa grande del salón, el anciano inserta las copias en las páginas troqueladas del interior. Lo hace con lentitud y solemnidad. Al terminar, introduce los negativos en un pequeño sobre pegado a la última página y, como si estuviera orgulloso del proceso, le muestra el resultado a Dolores.

En efecto, piensa al poner el álbum sobre su regazo y comprobar que las fotografías se ajustan perfectamente al diámetro del troquelado, es como abrazar un cuerpo. Las imágenes adquieren ahí un tono diferente, más íntimo y cercano. Es el terciopelo, pero es también el grano de la fotografía sobre el papel baritado, la materialidad, el peso y la presencia de la imagen. Y la posibilidad de cerrar el álbum, de guardar las imágenes para uno mismo, con ese pequeño cierre metálico, como el candado del cofre de un tesoro.

—¿Quiere quedarse a comer hoy? —La pregunta de Clemente la saca del trance en el que se ha quedado observando el álbum—. Vasil está preparando una musaka. Siempre hace de más. Seguro que le gusta.

Esta vez Dolores contesta que sí. Se ha vuelto a hacer la hora de comer y no tiene pensado qué cocinar hoy en casa. Cuando su hijo no está, le cuesta guisar para ella sola y acaba comiendo cualquier cosa. Además lleva ya un rato oliendo el sofrito y se le ha despertado el hambre.

Mientras la musaka se acaba de hornear, Dolores se acerca a la cocina a ayudar a Vasil a preparar una ensalada. Desde el día en que fue al estudio a recoger las fotos de Clemente, prácticamente no ha cruzado una palabra con él. Cuando está junto al anciano, suele permanecer callado.

—¿Es un plato... de tu tierra? —pregunta para romper el silencio.

—De los Balcanes. Yo hago como cocinaba mi madre.

Aunque al principio le cuesta sacarle las palabras, Dolores consigue saber que Vasil nació en un pequeño pueblo cerca de Burgas, en la costa del mar Negro, y vino a España hace diez años. Conoció a Clemente hace algo más de dos. Su mujer, Mila, que viajó con él desde Bulgaria, limpiaba en la casa una vez por semana y él venía a realizar algún que otro arreglo, sobre todo de albañilería y electricidad. Es buen electricista, dice, pero aquí no es fácil encontrar trabajo fijo. Cuando Clemente resbaló en la ducha, tuvo la suerte de que

Mila estuviera en casa. Fue ella quien llamó a la ambulancia y lo acompañó al hospital. Incluso permaneció toda la noche con él. Pero se había comprometido a limpiar en otras viviendas y fue Vasil quien terminó acompañándolo. En el hospital y después en la casa.

–Le gustó cómo cuidé y el señor Clemente me contrató. Aprendí a hacer todo rápido.

Ahora que el anciano ha mejorado un poco, Vasil regresa a su casa algunas noches o libra varias mañanas, pero durante las primeras semanas tras la caída vivió ahí y apenas se escapó unas pocas horas para dormir con su mujer.

–Estamos en este país para trabajar. Venimos a eso.

Cuando se sientan a la mesa, Vasil se retira de la conversación. A Dolores le llama la atención su prudencia. No puede evitar pensar que, en realidad, trabaja como una especie de mayordomo. Clemente, que lo trata con amabilidad pero también con una cierta condescendencia, afirma:

–Nos entendemos así de bien porque los dos sabemos lo que es emigrar.

Lo comenta mientras sirve unos dedos de vino de la botella en las copas de los tres y propone un brindis:

–Por los que se van y encuentran su sitio y por los que regresan y nos acompañan.

Vasil trocea la musaka y sirve primero a Clemente y después a Dolores. Él se queda para el final. Ha preparado comida para toda una familia. Ella recuerda haber probado algo parecido en un viaje a París con su marido. Un restaurante griego en el Barrio Latino. Lo comenta cuando el anciano pregunta si ha comido alguna vez algo así.

–París... –comienza a decir él–, yo me quedé mucho más al sur.

Y, como si quisiera emular el relato que Vasil ha contado a Dolores, detalla que él también partió en su juventud en busca de fortuna. Acababa de cumplir los veinticinco, casi la misma edad con la que Vasil salió de Bulgaria, cuando emigró a Francia en los años sesenta. Él se quedó en Gardanne, cerca de Marsella. En efecto, bastante más al sur de París. Encontró trabajo como ayudante en un taller mecánico y prácticamente ya no se movió de allí. En ese mismo pueblo se convirtió –esa es la expresión que utiliza– en fotógrafo. Con los primeros ahorros, se hizo con una Leica III –la misma que utilizó durante años– y encontró su verdadera vocación. Fue en ese lugar donde conoció a Émile, que regentaba el único estudio fotográfico del pueblo. El largo Émile, así lo llamaban todos. Medía casi dos metros y parecía infinito. Se fijó en sus fotos y le hizo confiar en su mirada. Y con el tiempo acabó ofreciéndole trabajo en el estudio.

–El largo Émile..., él fue también quien me llevó por primera vez a fotografiar a un difunto.

Después de esa afirmación, Clemente come un poco de musaka y le da un trago a la copa de vino. Dolores advierte que sabe manejar los tiempos del relato. Antes de que nadie reaccione, continúa:

–Recuerdo esa mañana como si fuera ayer.

Y como si realmente hubiera acontecido hace unos minutos, casi sin volver a probar bocado y apenas deteniendo su narración para rellenar su copa de vino y no dejar vacía la de los demás, Clemente cuenta que ese día viajó con Émile a un pequeño caserío en Gignac-la-Nerthe, también cerca de Marsella. Había muerto la madre de una familia numerosa y las hijas habían solicitado una foto. El estudio de Émile seguía ofreciendo el servicio de fotografía mortuoria, aunque la costumbre ya por entonces había comenzado a perderse. Su padre había sido uno de los fotógrafos de difuntos más célebres de la región y Émile había decidido continuar la tradición. Al menos, mientras pudiera. Porque, como más tarde le confesaría, esa práctica no terminaba de entusiasmarle. Pasaba mal rato durante el proceso y por las noches no podía escapar de las pesadillas. Los muertos se velaban aún en las casas, y había que tomar las fotos allí. En los pueblos más pequeños, todo el mundo quería fotografiarse con el difunto y las sesiones se hacían infinitas. Pero al menos, decía, no había que mover el cadáver, que ya reposaba dentro del ataúd cuando llegaba el fotógrafo. En los tiempos del padre de Émile, algunos familiares decidían sentar al muerto a la mesa o acomodarlo en un sillón. Tenían que moverlo entre varios y para conseguir algunas posturas no era extraño llegar a romper algún que otro hueso. Émile lo pudo comprobar en su adolescencia, los primeros años. El crujido seco de los huesos partiéndose no se le fue de la cabeza en toda su vida. Se lo contó ese primer día en que lo llevó a retratar a un difunto, nunca ha sabido si para asustarlo o para que fuera consciente de cómo habían cambiado las cosas desde aquellos años tempranos. Lo que Émile no podía imaginar era la fascinación que aquel joven español, que aún tenía dificultades para mantener una conversación en francés, iba a encontrar en aquellas fotografías del fin. Y tampoco el cuidado y la emoción de su mirada, el respeto y el afecto con los que fue capaz de dotar a sus imágenes. La belleza de la composición. La perfección técnica. Tanta que a los pocos meses Émile acabó confiándole la realización de todos los encargos –cada vez más escasos– de retratos mortuorios.

Con el tiempo, llegaría a cederle prácticamente el rumbo del estudio. Al menos hasta el día en que se jubiló y el negocio quedó en manos de sus hijos. Clemente continuó trabajando allí, pero, tras algunos años –los justos para darse cuenta de que, sin esfuerzo, la fotografía no daba tanto dinero como ellos habían imaginado–, los hijos integraron el estudio en una franquicia y todo cambió. El tono blanco y sobrio de la tienda fue invadido por un verde chillón, los mostradores se llenaron de mochilas, encendedores, cantimploras y todo tipo de objetos relacionados con el viaje. Vendían chicles y tabaco. Hacían fotocopias y tuvo que comenzar a ponerse todos los días un chaleco verde y una visera transparente con el logotipo de la empresa. Pero lo que acabó de tirarlo todo por tierra, más que cualquier otra cosa, fue una sensación, la percepción de que la fotografía había comenzado a dejar de importar en aquel lugar.

–Yo era un fotógrafo, no un vendedor. Así que, en cuanto me fue posible, pedí la jubilación, los dejé allí con ese mercadeo de cosas y me planteé por primera vez dejar Francia y volver aquí. Al fin y al cabo era mi tierra. Y siempre hay un tiempo para regresar.

Esto último lo dice ya algo más fatigado y tiene que detenerse unos segundos para coger aire. A pesar del ímpetu de la narración, Dolores se ha percatado de que el tono de voz de Clemente se ha ido debilitando conforme avanzaba. Le intriga la historia, pero comienza a estar apurada por el anciano, quien, como si sintiera algún tipo de obligación secreta, continúa su relato y cuenta lo difícil que fue adaptarse de nuevo a España, a los horarios y a las costumbres. Y sobre todo cómo se empeñó en no dejar que se perdiera aquella antigua tradición fotográfica. Aquí había desaparecido incluso antes que en Francia. Ya nadie se acordaba de fotografiar a los muertos. Pero, al poco de llegar al pueblo, él ofreció sus servicios a todos los tanatorios de la zona.

Al principio, no lo tomaron en serio y lo consideraron una extravagancia macabra. Pero después de que una familia se decidiera finalmente a retratar a su madre difunta y recibiera en casa el álbum de terciopelo con el último recuerdo, la cosa comenzó a ser vista de otra manera. El boca a boca de los familiares emocionados e incluso el propio convencimiento de los trabajadores del tanatorio, conscientes ya de que las fotografías reconfortan y ayudan a sobrellevar el duelo, acabaron difundiendo de nuevo la tradición en la zona. Todo lo que algo así se puede difundir. Porque lo que jamás ha podido entender es que, a pesar de todas las evidencias, los encargos nunca han llegado a ser numerosos. Seis o siete entierros en todo el año. Ocho, como mucho. Se ha terminado por resignar. Al fin y al cabo, no lo hace por dinero, sino por la convicción: la certeza de que la fotografía tiene un sentido, que sirve de ayuda a los que quedan.

–Eso es lo que siempre he hecho, lo que usted ahora –dice mirando a Dolores– ha comenzado a hacer conmigo. *Et c'est tout.*

Clemente vuelve a tomar aire, respira con fatiga, se queda callado y, como si estuviera celebrando el fin de su propia narración, coge la copa de vino, le hace un gesto a Dolores y bebe un trago generoso.

–Vaya historia –comenta ella.

Vasil guarda silencio. Tal vez haya oído ese relato en alguna otra ocasión.

–Una historia, sí –recalca el anciano, aún agotado–. Un abrir y cerrar de ojos..., *la vie.*

Durante toda la narración, Dolores ha tenido en su campo de visión el gran daguerrotipo que cuelga de la pared del salón. La imagen de la mujer de Clemente con su hijo en brazos. ¿Cuántos años tendría ahí? ¿Cuántos tenía cuando murió? De alguna manera, esperaba que ella –no recuerda ahora su nombre– apareciese en algún momento de la historia. Pero su crónica se ha centrado casi exclusivamente en su relación con la fotografía, como si ese hubiera sido el verdadero motor de su vida.

No tiene claro si preguntar, pero al final lo hace:

–¿Conoció a su mujer en ese pueblo? ¿Cómo me dijo que se llamaba?

–Gisèle. La promesa. Eso es lo que el nombre significa. La conocí en Gardanne, sí, al poco de llegar, y allí mismo nos casamos. Nació Eric y formamos un hogar. Fueron los mejores años. Después, todo... –carraspea y llena la copa de vino con agua, que adquiere inmediatamente un tono rosáceo–, todo dejó de ser como antes.

Dolores advierte la emoción por primera vez en su rostro. Los ojos húmedos, los labios apretados y la mano agarrando con fuerza la barba.

–La enfermedad se la llevó por delante. Lo más difícil fue verla consumirse poco a poco. Apenas pudo disfrutar de esta casa. La vida, también para eso, es un abrir y cerrar de ojos.

Dolores se arrepiente de haber preguntado y no encuentra las palabras para consolarlo. También entonces cae en la cuenta de que no ha visto ninguna foto mortuoria de Gisèle. Al menos no recuerda haber reparado en ella entre las expuestas en las vitrinas de la colección. Imagina que la guardará en el álbum que le mostró el día que visitó el estudio. El que custodia la imagen de las personas capitales de su vida. Por alguna razón, no duda un solo momento de que esa foto haya sido realizada. Está tentada de preguntar, pero, antes de que encuentre una fórmula adecuada para hacerlo, Clemente se dirige a ella:

–Usted también sabe lo que es perder a quien más se quiere, ¿verdad?

Dolores contesta con una mueca de resignación. No sabe si es el momento de contar su historia. Cree que no. Así que la resume en unas pocas frases. Su marido murió en un accidente. Le quedaba aún mucha vida por delante. No han sido fáciles estos años.

—Cuesta salir de ahí —concluye ella. Y acto seguido, como si intentase frenar cualquier intento de continuar esa conversación, trata de levantarse para recoger la mesa. Vasil se le anticipa.

—No se preocupe —le dice—. Deme su plato.

Ella aguanta sentada y se queda unos segundos en silencio. Sus ojos no se mueven del retrato de Gisèle. Como si el rostro hubiera adquirido ahora algo de historia. Clemente parece advertir el sentido de su mirada y gira su cabeza hacia la imagen. Permanece él también unos instantes contemplándola.

—Algún día podría enseñarle a hacer un daguerrotipo —le dice al volverse de nuevo hacia Dolores—. Como pudo comprobar, son objetos hermosos. Pero no hay nada parecido a la magia de realizarlos. ¿Le gustaría a usted probar?

—Me encantaría —contesta.

—*Alors,* tenemos otra tarea pendiente.

7

Teresa aparca el coche cerca del río y quedan en verse en una hora en el restaurante. Es la primera vez que Dolores viaja a Murcia en varios meses. Tenía la intención de visitar a Iván en su piso de estudiante, pero él ha preferido tomar el café en un bar junto a la universidad.

No se demoran demasiado. Él le pregunta por las fotografías y ella le cuenta la experiencia en el tanatorio junto a Clemente.

–¡Qué fuerte! –apostilla cada dos por tres.

Cuando Dolores termina su relato, Iván abre su mochila y saca de ella un pendrive que pone sobre la mesa.

–Te he traído una película –dice–. *El extraño caso de Angélica,* de Manoel de Oliveira. No la has visto, ¿verdad? –Dolores niega con la cabeza–. Da un poco de bajón, pero me ha recordado un poco a lo que está pasando, en plan un fotógrafo al que lo lían para unas fotos de difuntos. Lo que pasa es que el tío luego se enamora de la muerta.

–No creo que llegue yo a eso –contesta Dolores, que se guarda el pendrive y añade–: La veré con cariño.

–Échale algo de paciencia también. La idea está bien. Pero el director es muy cansino.

Advierte que Iván está cómodo, incluso más seguro en la conversación, como si la ciudad lo volviese aún más adulto. A ella le agrada verlo feliz, a gusto en la capital. Lo comprueba más tarde durante el pequeño paseo que dan hasta el restaurante. Camina decidido, conoce todos los atajos, la ciudad le pertenece. Le queda un año de carrera y aún no sabe lo que hará al terminar, pero Dolores sospecha que difícilmente regresará al pueblo.

La deja justo enfrente del sitio en el que han quedado para cenar, un antiguo edificio de Correos rehabilitado como mercado gastronómico.

–Te has venido al sitio más pijo de Murcia, mamá.

–Ha sido cosa de tu tía. Yo... donde me llevan.

–Pásalo bien, anda. Y tened cuidado a la vuelta.

Dolores mantiene el abrazo de despedida hasta que Iván consigue zafarse y comienza a caminar en dirección a la universidad. Ella lo observa marcharse: la espalda ancha de Luis, las caderas altas de su madre, pero el modo de caminar pausado de su padre, parsimonioso, como si el cuerpo le pesase y tuviera que asegurar cada paso. Antes de torcer en una esquina, tal vez consciente de que su madre lo sigue con la mirada, se gira hacia ella y se despide a lo lejos con un movimiento leve de la mano. Cuando desaparece de su vista, ella se queda unos segundos parada sin tener muy claro qué hacer. Lo único que quisiera ahora mismo es salir corriendo detrás de él. Está tentada de hacerlo. Pero se recompone y se prepara para entrar en el restaurante. Se mira en la puerta de cristal. El vestido le sienta bien. El estampado oscuro es discreto. Lo justo para no sentirse disfrazada.

El local está a rebosar y el bullicio se le clava inmediatamente en la cabeza. Por un momento, incluso llega a nublar su mirada y le cuesta trabajo encontrarlos, al fondo, sentados en torno a una mesa alta.

Cuando consigue llegar, los saluda y se sienta en una especie de taburete del que le cuelgan los pies. Las sillas altas siempre le han resultado incómodas, inestables. Parece el muñeco de un ventrílocuo.

Sobre la mesa aguarda ya abierta una botella de vino blanco y un plato con hueva y mojama.

Su cuñada los presenta. Detesta estos momentos. Y teme que se le note en la cara. Su cabeza aún sigue cerca de Iván. Intenta regresar al presente.

Raúl es el dentista –odontólogo, matiza él– que Teresa conoció en el Servicio Murciano de Salud. Tiene un rostro amable que le recuerda a un cura de pueblo antiguo, aunque la cabeza afeitada y la barba bien arreglada le conceden un aspecto algo más sofisticado. Al encontrarse con su sonrisa amable mientras le sirve el vino en la copa, puede entender perfectamente que Teresa se haya fijado en él.

Alfonso dirige el Archivo Fotográfico de la Región y su gesto resulta algo más duro. Se da un aire al actor José Coronado. En el rostro adusto y las entradas prominentes, pero también en el porte refinado. Ha notado su corrección cuando se ha levantado para saludarla con dos besos. También en ese momento ha reparado en la combinación perfecta del cinturón de piel marrón con el pañuelo cobrizo de la chaqueta, como si en su atuendo todo estuviese pensado y medido.

Es precisamente él quien toma la palabra y, prácticamente sin preámbulos, se dirige a Dolores:

–Me ha contado Teresa que fotografías muertos.

–Bueno, no exactamente. –A Dolores le molesta un poco el tono

–Lo digo con admiración. En el Archivo tenemos algunos retratos antiguos. No sabía que hoy continuaran haciéndose, la verdad.

Dolores le comenta que ella tampoco lo sabía.

—¡Cuéntales lo del viejo! —interrumpe Teresa.

No le gusta que utilice ese tono, que lo llame el viejo. Y con cierta desgana relata algo de la experiencia. La llamada, la foto, la visita, la colección de Clemente... Lo hace sin profundizar demasiado. Piensa que es algo privado y no quiere ser irrespetuosa.

—Parece una película —reacciona él.

—Lo que os dije —añade Teresa.

Dolores cae en la cuenta de que ella y Raúl también están atentos a su historia. No le gusta hablar para más de dos personas. Tener tantos ojos mirándola. Le está exasperando la conversación. Con el ruido del lugar, además, tiene que levantar la voz y siente que los ocupantes de otras mesas se giran hacia ella. Así que trata como puede de frenarla:

—Pero no vamos a estar toda la noche hablando de muertos, ¿no? —concluye. Intenta que suene a broma, aunque la irritación se cuela en sus palabras. Tal vez influya también la incomodidad física. Las sillas sin respaldo la están agotando y ya no sabe qué postura tomar.

Afortunadamente, la cena no se alarga demasiado y Alfonso propone tomar una copa en otro lugar.

—Solo pido que sea cómodo —exige Dolores.

El Parlamento es otra cosa. Parece suspendido en el tiempo. Luis la llevó allí en más de una ocasión, aunque no terminaba de ser de su estilo. Un bar de *lords* ingleses, bromeaba. Los camareros continúan siendo los mismos. También la decoración elegante, el artesonado de madera y las sillas confortables con brazos y respaldo. Al dejarse caer en

95

una de ellas, tiene que ahogar el gemido y contener el gesto de dolor. Son los años, lo sabe. Pero es también el tiempo que pasó cuidando a su padre. Tenía que moverlo a plomo y ahí fue donde se dejó la espalda. Lo notaba claramente al final de cada día. La carga física y también la otra, la que no se ve. Día tras día. Todo el peso del mundo.

Hace años que se siente mejor, pero hay momentos en los que la tensión se concentra en ese mismo lugar, como si allí hubiera quedado un centro magnético que atrae todo aquello que no funciona bien. El tiempo sentada en los taburetes del gastromercado ha despertado hoy el dolor. La incomodidad de las sillas, pero también el ruido ensordecedor. La inquietud del momento.

Se acomoda como puede y sitúa el bolso sobre el regazo, marcando inconscientemente las distancias. Pide un ginger ale y se excusa ante el camarero:

–Alguien tiene que conducir.

No se quedan allí demasiado tiempo, pero sí el justo para comprobar cómo Teresa y Raúl se miran con complicidad. Las luces tenues del local invitan a la cercanía. Después de que el camarero le sirva el Lagavulin especial que ha pedido, Alfonso le da un pequeño sorbo y acerca su silla a la de Dolores.

–¿Hace mucho tiempo de..., ya sabes? Me lo contó Teresa.

A Dolores suele importunarle esa pregunta. No tiene por qué dar explicaciones.

–Diez años –contesta.

–El tiempo no pasa, ¿verdad?

Dolores asiente.

–Yo solo he perdido a mi madre. Y hace también varios años, pero a veces, sin venir a cuento, parece que todo regresa. Viene y se va. El duelo viene y se va.

–Sí –responde tajante Dolores. No está molesta, pero tampoco le apetece demorarse mucho más en el tema. Alfonso parece intuirlo y regresa a la fotografía. Le habla del Archivo Fotográfico y la invita a visitarlo:

–Puedes venir cuando quieras. Y también puedes decírselo a...

–Clemente Artés.

–Sí. Me gustaría conocerlo. Y examinar también algún día su colección.

–Veré lo que se puede hacer.

El tono de Alfonso es diferente ahora, más cercano, como si no tuviera que aparentar nada. Le gusta cómo la mira. Aunque nunca ha sabido interpretar la actitud de los hombres –era siempre la última en darse cuenta de cuándo le gustaba a un chico–, puede vislumbrar algo de deseo en el modo en que Alfonso se dirige a ella. Lo ha sorprendido mirándole las piernas antes, cuando caminaban hacia el bar. Y no le ha desagradado.

–He visto cómo te miraba –comenta su cuñada después en el coche–. Es que estás muy guapa con ese vestido.

–Sería el whisky ese caro que ha pedido.

Por mucho que quiera, no puede dejar de comparar a todos los hombres con Luis. Con el Luis que conoció, con el que compartió media vida y con el que llegó a ser una misma persona. El Luis que despreciaba esas formas artificiales de caballerosidad y repudiaba la sofisticación, el Luis natural y genuino que se comportaba en público igual que en el salón de su casa. Con el tiempo, Dolores hizo suyo su modo de ser e interiorizó ese desprecio por el refinamiento y la galantería. Aunque, si lo piensa bien, en el fondo no le disgusta que alguien la trate de ese modo. Lleva demasiados años siendo una cuidadora, una madre y una viuda. No una mujer. Y menos aún una mujer deseable.

Esta noche duerme más serena de la cuenta. No piensa en Alfonso. En realidad, no tiene claro si le gusta. Probablemente, no. Pero no se quita de la cabeza su mirada. Y esa sensación la complace. Entiende ahora a Teresa, sus salidas, su necesidad de no desaparecer. Porque de eso se trata. De ser visible. Y ella lleva diez años desaparecida. Helada. Fría. Pero esta noche algo ha despertado. Siente la ligera emergencia de un calor. Lo percibe. Al menos durante unos instantes. Hasta que el vacío oscuro irrumpe de golpe y reclama su lugar.

8

No había visitado aún la parte de atrás de la casa, el pequeño jardín descuidado y el trastero con techo de uralita que originalmente fue concebido como un garaje. Es ahí donde Clemente ha preparado el material de daguerrotipia para Dolores. El taller, lo ha denominado.

–Lo he usado unas pocas veces. Estaba más limpio y con menos enredos, eso sí. Espero que sepa excusarlo.

–No importa –contesta Dolores, sorprendida aún por todo lo que se encuentra allí. Un material que parece sacado de algún museo y que la hace disculparse por todo el esfuerzo que ha debido de suponer el despliegue.

–Era una pena que todo esto estuviera guardado –dice él.

Con «todo esto» se refiere al material que Dolores aún no sabe identificar: la cámara de fuelle, que había visto en la habitación e imaginaba que era un objeto decorativo, las cajas de madera, los paños, el soplete, las cubetas, los frascos con productos químicos... Más que un taller, le parece un laboratorio. Un laboratorio precario, con mesas plegables y sillas de plástico. En una de ellas Clemente se acomoda y comienza a hablarle del proceso.

A Dolores le suena mucho de lo que cuenta. Cualquier

fotógrafo que se precie conoce la historia. El origen de la fotografía. La controversia entre Louis Daguerre y su sobrino, Joseph Nicéphore Niépce. La compra de la patente por parte del Estado francés. El invento que cambió el mundo. La transformación técnica y mental que todo ello supuso. Imágenes que salían del ojo de una máquina, sin intervención humana. Imágenes únicas, reliquias, que eran magia, alquimia pura, y que emergían con vapores de mercurio. Sí, lo conoce todo. Está en su cabeza de modo difuso. Aunque al escuchar ahora al anciano todo vuelve a adquirir una forma definida.

Clemente le habla del linaje de la técnica y el lugar de donde proviene eso a lo que ahora ella se dedica. Una genealogía, comenta, llena de fracasos y abandonos. Porque en el daguerrotipo está el origen, pero pronto se abandonó por otras técnicas más rápidas y económicas. El colodión húmedo. La fotografía como imagen múltiple. El negativo y el papel. La copia. La industria de la fotografía que poco a poco va convirtiéndose en todo eso que ella ya conoce. Todo eso que, precisamente ahora, está dejando de existir. Un camino, el que ella emprendió con Luis, también abandonado y sustituido. Eso lo conoce mejor. Lo ha vivido. Y algo de ella se quedó en ese camino cortado.

Conoce la historia, sí. Pero jamás ha tenido contacto con los materiales originales. Verlos ahí ahora es como entrar en el cuarto secreto de un mago.

–No es para tanto –le hace saber Clemente–. Se trata de artesanía.

La mayoría del material lo ha construido él mismo, sobre todo las cajas de madera. No es tan difícil. Tampoco el proceso. Al menos para quien lo conoce bien. Tres pasos: preparar las placas, tomar la foto y revelarla. Lo único que se requiere es tiempo y práctica.

–Y mucha paciencia –concluye.

Mientras le explica esto, Clemente comienza a preparar sobre la mesa plegable que tiene frente a sí los productos químicos que ya había depositado en unos pequeños tarros de cristal. Un efluvio denso y amargo le trae a la memoria el olor a pesticida de los huertos recién fumigados que a veces ha encontrado durante sus paseos matutinos. La química y el rocío del amanecer.

Dolores observa las maniobras del anciano. Aunque lo manipula todo con destreza, se mueve con lentitud extrema, como si tuviera que reflexionar antes de dar cada paso.

Lo primero, explica, es preparar la placa de cobre plateado y sensibilizarla. Hoy utilizarán un cuarto de placa, el tamaño más popular, 108 por 81 milímetros. La placa completa, 216 por 168 milímetros, se empleaba en contadas ocasiones. El daguerrotipo del salón, el retrato de Gisèle y su hijo, aclara, es precisamente una placa completa. Lo dice sin dejar de pulir y bruñir la superficie plateada de la pequeña placa hasta comprobar que brilla como un espejo. Después, la sitúa boca abajo en una caja de madera con un vidrio en su interior y la expone al yodo que previamente ha introducido. Repite la misma acción con vapores de bromo para después regresar una vez más al yodo. Los vapores se posan sobre la placa y esa mezcla de halógenos y plata la preparan para atrapar la luz.

–Aquí comienza la alquimia –dice. Y deja la habitación a oscuras, solo con la luz roja del laboratorio.

Cada diez segundos comprueba el color del reflejo. Amarillo al principio, rosado al final. Cuando obtiene el tono justo, la inserta en un chasis y vuelve a encender la luz.

–Y todo esto –comenta el hombre– para una sola imagen. Hoy ya no tenemos tiempo para eso, ¿no cree usted?

Dolores asiente. A cualquiera le desesperaría el proceso de preparación, esa lentitud.

El anciano toma entonces la cámara de fuelle que ella había visto en el salón y que suponía que era un objeto de museo. En realidad, es solo una cámara oscura y una lente.

–Volvemos a la esencia –aclara Clemente–. Venga, ayúdeme.

Salen al pequeño jardín. Son las once de la mañana y no hay una sola nube en el cielo.

–Hace un día perfecto. ¿Qué quiere fotografiar?

Dolores mira a su alrededor. Busca la imagen que le gustaría que apareciera en la placa. Y de repente todo le resulta a la vez extraordinario y demasiado poco significativo como para ser mostrado en una imagen así. Reflexiona durante unos segundos. Al entrar en la urbanización, se fijó en una casa al comienzo de la calle, una estructura ruinosa a medio construir. Le pareció en sí misma un objeto. Se lo comenta a Clemente y a él le parece buena idea.

–Podríamos darle unos sesenta segundos de exposición –dice cuando se sitúan frente a la vivienda–. Y ya sabe, preste atención, la imagen aparece al revés.

Es ella quien sitúa y equilibra la cámara sobre el trípode y también quien, dirigida por él, abre el fuelle y trata de encuadrar y enfocar la imagen. Es difícil verla con el sol. Entiende ahora por qué los fotógrafos antiguos cubrían su cabeza con un paño de tela negra.

Una vez centrada la imagen, Clemente inserta la placa en la cámara, levanta la lámina de seguridad del chasis y retira la tapa de la lente.

Le llama la atención esa transición leve. No hay un disparo, como en la fotografía a la que está acostumbrada, sino simplemente el inicio de una exposición. La imagen no capta un instante; muestra algo que está sucediendo. Tiempo condensado.

Durante los sesenta segundos en los que la imagen se

fija a la placa, los dos guardan silencio, como si el eco de sus voces pudiera entorpecer o interrumpir el proceso de la fotografía.

Transcurrido el tiempo necesario, el anciano tapa la lente y baja el cierre del chasis que contiene la placa.

En el camino de regreso al taller, Dolores advierte que el anciano respira con cierta dificultad.

–¿Está bien? –le pregunta al entrar.

–*Très bien* –responde el hombre, dejándose caer en la silla desde la que ha realizado toda la operación–. Ansioso por llegar a la parte de la magia –sonríe mientras se pone los guantes de látex–. Y del peligro.

Aunque hay tantas técnicas como fotógrafos, le aclara que van a seguir la fórmula original de Daguerre, el revelado con vapores de mercurio. Los detalles de la imagen son más precisos.

–¿No es tóxico? –Dolores recuerda haber leído alguna historia sobre el envenenamiento de los primeros fotógrafos.

–No hay peligro si se emplean las cantidades justas. Esta bolita de mercurio –dice mostrándole el frasco– salió de cuatro termómetros y lleva conmigo desde que vine a España.

Según le explica, los primeros fotógrafos llegaron a utilizar un kilo; algunos incluso más. Es normal que muchos perdieran la cabeza.

–El pobre Daguerre pasó la vejez sintiendo que el mundo estaba a punto de acabarse y tenía que fotografiarlo antes de que desapareciese.

Con delicadeza, Clemente introduce el mercurio en un pequeño recipiente y lo sitúa en el fondo de otra caja de madera, esta algo más grande que las anteriores, sobre un pequeño calentador. Apaga de nuevo la luz y, en la oscuridad roja de la habitación, saca la placa de su chasis. Antes de situarla en la parte de arriba de la caja, la muestra a Dolores y le dice:

–Esta es la verdadera magia. Nada por aquí, nada por allá.

En efecto, en la placa no hay nada, tan solo lo que los fotógrafos llaman «imagen latente».

La placa permanece ahí varios minutos. Tres, cronometra él. La levanta y la muestra a Dolores. Una silueta leve. Necesita más exposición a los vapores. Vuelve a ponerla sobre la caja.

–Nunca se puede estar seguro de que la imagen aparezca –comenta–. Esto también es magia. El encanto de la incertidumbre.

Dolores intenta memorizar el proceso. Anota en su cabeza todos y cada uno de los pasos. Aunque siempre ha tenido una capacidad especial para imitar y conceder a las cosas su tiempo, es consciente de lo difícil que es aprender a la primera.

Mientras el mercurio hace aparecer la imagen, el anciano prepara tres cubetas con líquido. Esto le resulta más familiar.

Introduce la placa en el fijador. La silueta de la casa a medio construir comienza a definirse. Después, la sumerge en el baño de paro y por fin enciende la luz. Es en ese momento cuando ella distingue con claridad la imagen. Ha visto aparecer imágenes en papel durante media vida. Pero nada se parece ni remotamente a lo que acaba de presenciar. Puede entender lo que algo así supuso para los primeros fotógrafos. Pura alquimia.

Tras unos minutos, Clemente baña la placa en agua destilada y, después de secarla para eliminar los restos de agua, se la muestra. La imagen ya está ahí por completo, aunque falta todavía el último paso. El virado al oro, lo llama. La sitúa sobre un pequeño brazo de metal, derrama sobre ella una solución de cloruro de oro y la calienta con una mecha.

–El oro encapsula la imagen, para que no se desvanezca al menor toque, como las alas de una mariposa. Y también para que el mercurio deje de moverse. Es una protección, como el barniz de la pintura.

Dolores visualiza la imagen moviéndose y el oro aprisionándola. La idea de que la luz se ha grabado a fuego en la placa se le hace evidente.

–*Et voilà* –dice Clemente al final ofreciéndole la placa–, su primer daguerrotipo. *C'est simple comme bonjour!*

Pese a haber visto la silueta del edificio aparecer poco a poco, solo cuando tiene la placa entre las manos puede comprobar la realidad de la imagen. Los dos la observan con detenimiento, buscando el ángulo preciso de visión para encontrar el positivo. Dolores duda unas décimas de segundo sobre lo que está viendo. Reconoce la imagen que ha tomado y al mismo tiempo le resulta extraña, como si llegara desde otro tiempo y la ruina de la casa fuese aún más innegable. Le llama la atención la estructura que se ve al fondo de la imagen, detrás de la vivienda: el esqueleto de un hotel que nunca se terminó de construir. No se había fijado en él y ahora lo distingue con claridad: un futuro cortado, un tiempo por venir que ahora es un pasado lejano.

Aunque para conservar bien la placa haría falta sellarla herméticamente y evitar así la oxidación y cualquier tipo de roce, Dolores se la lleva a casa. Al fin y al cabo, es solo una prueba. Y le atrae la idea de que la imagen, como esa casa fantasmal que encarna, también pueda convertirse en ruina. En eso piensa por la noche antes de irse a la cama, con el daguerrotipo entre las manos, balanceándolo sin cesar como si fuera un juguete. Comprueba la materialidad de la imagen, el peso y la textura. Por primera vez es consciente: esa imagen que no existía ha sido creada por ella. Y ahora ocupa un lugar preciso en el espacio.

No puede dejar de mirarlo. Y tampoco de moverlo para evitar el reflejo de su rostro en la imagen. Un espejo con memoria, se dice. Comprende la metáfora mejor que en ningún momento.

9

Durante días, Dolores vive dentro de la imagen oscilante del daguerrotipo. Siente la misma atracción que cuando descubrió la fotografía. La cámara que compró su madre, una de las primeras Instamatic. Parecía un juguete, pero tomaba fotos bastante dignas. La había pedido una y otra vez, hasta el hartazgo. Fue el verdadero regalo de comunión. Al menos, ella lo entendió así. Supuestamente se compró para que en la familia hubiera una cámara de fotos, pero, tras la celebración, acabó siendo para ella.

Era su tío Emilio, el hermano de su madre, quien siempre fotografiaba a la familia. Casi todas las instantáneas que conserva de la infancia fueron tomadas por él. Y en ninguna de ellas Dolores sonríe. Quería estar al otro lado de la cámara. Recuerda perfectamente la sensación: miraba embobada al fotógrafo, su manera de enfocar, sus posturas. De ahí su gesto extraño, como si, en lugar de posar, examinara al artífice de la imagen, los ojos entornados y los labios apretados. Un gesto que sigue haciendo cincuenta años después cada vez que algo le impresiona.

No se ha olvidado de la atracción, el hechizo de todo lo que brotaba de aquella pequeña máquina. Se pasaba horas absorta frente a las fotografías que había tomado. También eran un pequeño tesoro.

Estos días se ha descubierto contemplando los daguerrotipos con la misma fascinación con que miraba aquellas fotos. Quiere saber más, aprenderlo todo, controlar la técnica, dominar esa magia.

Eso es lo que la hace volver a la casa de Clemente y repetir el proceso. Esta vez es ella quien prepara el material. No tomó notas, pero todo está grabado en su cabeza: el pulido, la sensibilización, los tiempos, la colocación de la placa en la cámara...

Hoy dará un paso más, el verdadero desafío del daguerrotipista: el retrato.

Salen al jardín y Clemente se acomoda en una silla de plástico junto a la balaustrada que da hacia la calle. Hay buena luz. Cuarenta segundos de exposición, le explica, pueden ser suficientes hoy. No es demasiado tiempo para un paisaje o un objeto inerte, pero para un retrato puede resultar una eternidad. Por eso durante años los fotógrafos utilizaron todo tipo de artilugios para mantener la postura del retratado. Aunque Clemente no guarda ninguno de la época, ha construido un utensilio rudimentario con el pie de una lámpara y dos cucharas atornilladas a modo de pinzas. Dolores las ajusta a la parte trasera de la cabeza del hombre para mantenerla erguida. Después, sitúa la cámara frente a él y, antes de introducir la placa, mira su imagen invertida proyectada por la lente en la pantalla de enfoque y le pregunta:

—¿Aguantará?

—Como si estuviera muerto —sonríe—. Siempre salen mejor que los vivos.

—Claro, no se mueven —añade ella.

—Casi nunca.

—¿Cómo dice?

—Los muertos —especifica—, casi nunca se mueven.

La frase se queda flotando en el aire. No sabe qué contestar y, tras enfocar la escena, introduce la placa, libera la protección del chasis, le hace una señal y destapa la lente. Trata de no mirarlo. Los cuarenta segundos se ensanchan como si el tiempo hubiera decidido dejar de avanzar.

Los muertos casi nunca se mueven.

No puede dejar de pensar en eso. Poco después, mientras revela la placa, Clemente le explica lo que ha querido decir.

Esa es la primera vez que oye hablar de los inquietos.

III. Los inquietos

1

–Los inquietos, la fotografía del proceso de la muerte.
La expiración, el propio morir condensado en una imagen.
En la penumbra roja de la habitación todo resulta aún
más turbio. Dolores lo escucha mientras revela la placa.
Clemente permanece sentado detrás de ella. Su voz ronca
resuena en toda la estancia.

Habla sentencioso, como si estuviese sacando a la luz
un secreto guardado durante siglos. Al menos, ella lo percibe así. Aunque no se trata exactamente de un secreto, matiza él. No es una práctica muy conocida, pero sí se sabe de
su existencia. Fue Émile quien le habló de ella por primera
vez. *Les remuants:* los removidos, los agitados o, como él
prefiere traducirlo, los inquietos. Una práctica –enfatiza el
término «práctica»– que nace al mismo tiempo que la fotografía post mortem, pero se sitúa un paso más allá: no se
trata de retratar al difunto, sino de capturar en una misma
imagen el proceso de la muerte. Al fin y al cabo, explica, las
largas exposiciones de las primeras fotografías no mostraban
un instante, la vida detenida, sino otro tipo de tiempo: el
transcurso, la duración, la realidad sucediendo.

Dolores no puede evitar que todo esto le suene al argumento de un programa de misterio. Sobre todo cuando, con una frialdad que no sabe cómo interpretar, Clemente trata de explicarle el supuesto método de trabajo de esos fotógrafos. Según le cuenta, era común administrar al retratado un veneno que lo apagaba –subraya también esa expresión– poco a poco mientras la larga exposición de la cámara captaba la llegada de la muerte. Una depuración del *Clostridium botulinum* –lo pronuncia como si fuera algún tipo de conjuro–, la toxina base del bótox, que generaba una parálisis muscular permanente que solía acabar en fallo cardiaco. La dificultad residía en encontrar la dosis justa para evitar el movimiento del cuerpo. Porque, al final, la muerte llega siempre como un latigazo, una fuerte sacudida que retuerce el cuerpo y lo convulsiona. Sortear esa agitación era prácticamente imposible.

Dolores quisiera dejar terminar al anciano, pero no puede contenerse.

–¡Me está hablando usted de asesinatos! –exclama sin mirarlo.

–*Bon,* si le consuela, solían ser moribundos. Bien pensado, era una especie de eutanasia fotografiada.

–No me consuela –reconoce. Y vuelve a mirar hacia la placa de cobre plateado. Comprueba el tiempo en su reloj. Aunque la conversación la ha llevado a otro lugar, sigue estando pendiente del revelado. Ya queda menos para poder encender la luz.

–No se ofusque –dice Clemente–. En el fondo, no eran otra cosa que experimentos.

Parece haber modificado el tono, tal vez arrepentido de la frialdad con la que lo ha expuesto todo. Argumenta entonces que los primeros fotógrafos eran químicos, médicos, científicos, más que artistas, y que, por encima de cualquier cosa, exploraban las posibilidades de la fotografía para la ciencia. Las fotografías de los inquietos no eran recordatorios para los familiares, sino imágenes científicas. Intentos de registrar en una misma superficie la vida y la muerte, el último aliento. Incluso, en algunos casos, de captar el alma del difunto, fotografiar lo invisible, el espíritu.

A Dolores se le vienen a la cabeza inmediatamente las fotografías espiritistas del siglo XIX. Siempre le han llamado la atención y nunca ha llegado a entenderlas del todo. Los fantasmas de los desaparecidos posando junto a los retratados. Nada más comentárselo a Clemente, él le aclara que esa industria está en las antípodas de las fotos de inquietos.

–Esos –alega refiriéndose a los fotógrafos espiritistas– eran unos embaucadores que se aprovechaban de la ingenuidad y el dolor de los clientes. Pioneros del retoque fotográfico y la manipulación de imágenes.

La tradición de los inquietos, le especifica, no pertenece al ámbito de la ilusión, sino al de lo real. Nace del intento de dejar constancia de la única certeza, la muerte. Recoger en una misma imagen el antes y el después. Conservar en un mismo lugar la vida y la muerte.

Lo único cierto, comenta, es que, más allá de la intención de estas fotografías, el resultado solía ser siempre una imagen desconcertante. Él pudo comprobarlo cuando tuvo en sus manos un daguerrotipo que el padre de Émile había conseguido a principios de siglo. En aquel momento pudo experimentar el desasosiego ante la imagen. El contraste entre algunos detalles muy definidos y otros tremendamente borrosos, especialmente la silueta del retratado, las sábanas, incluso las cortinas si había algo de viento. La propia respiración del cuerpo, a pesar de estar aletargado, lo hacía moverse levemente. Esa palpitación invisible que tienen los vivos en las fotos cuando acompañan a los muertos.

–Desafortunadamente –concluye–, no se han conservado muchas y es prácticamente imposible conseguirlas.

Conforme escucha esto, Dolores piensa de inmediato en la imagen que encontró en el libro que le regaló Clemente. La ha tenido en la cabeza todo el tiempo mientras el hombre hablaba. No puede evitar preguntárselo:

–¿Era un... –no sabe cómo decirlo– inquieto?

Clemente calla durante unos segundos, como si no supiera qué responder.

–Es posible –titubea, y traga saliva–. O puede que solo sea un daguerrotipo movido.

–Pero ¿también forma parte de su colección? –insiste ella.

–Formaba. *Malheureusement, je ne l'ai plus avec moi.* –Dolores se queda unos segundos descolocada. Clemente aclara–: Lo perdí.

–Mejor –contesta ella tajante. Le incomoda lo que escucha. Se lo hace saber mientras extrae la placa de la caja reveladora y la introduce en la cubeta del fijador–: No me gusta esta historia.

–No le quito la razón –le dice Clemente–. Pero imagine usted poder tener para siempre en una misma imagen condensada la vida y la muerte. Un relicario de los últimos restos de una existencia. No entiendo mejor memoria que esa. ¿No le gustaría a usted morir en una foto?

Dolores no contesta. Lo mira aterrada y, por un momento, advierte que su rostro se ha transformado. Se nota también algo mareada. Los vapores del mercurio. La estancia poco ventilada. El yodo, el bromo, el olor a fijador mezclado con el perfume del anciano. Ese relato adquiere ahí un espesor desmesurado, excesivamente real.

Termina de mover la cubeta del fijador y, por fin, enciende la luz. Es también un modo de escapar de la historia que Clemente ha relatado.

Observa la imagen.

El rostro del anciano es un borrón.

–Ha salido usted movido –le dice mostrándole la placa.

–No se preocupe –contesta–. Eso quiere decir que aún no estoy muerto.

Las imágenes las ve primero en la televisión. También le llegan a su teléfono móvil en varios mensajes de Whats-App. Están por todos lados. Miles de peces muertos y agonizando, tratando de respirar, a las orillas del Mar Menor. Se le clavan en la retina. Le vienen a la memoria las fotografías de la primera Guerra del Golfo, los cormoranes moribundos bañados en petróleo, también las imágenes de la catástrofe del *Prestige*. Esas desgracias que ocurrían lejos y que ahora suceden a unos pocos metros de su casa.

¡Qué desastre! ¡Qué rabia! ¡Qué tristeza! Son las expresiones que repite en todas las conversaciones. Las que escribe en los mensajes que se cruza con Iván y las que le dice a Teresa cuando habla con ella por teléfono y comenta la situación.

–Hay que hacer algo –concluye su cuñada–, lo que sea.

–Lo que sea –repite ella–. ¡Qué desastre! ¡Qué tristeza!
–No sale del bucle.

Por la noche, le cuesta conciliar el sueño. Es el efecto de lo que ha visto y es también la sensación de impotencia. Se suma al malestar de estos días. Lleva un tiempo en que no acaba de dormir bien. Prácticamente desde que Clemente le hablara de los inquietos. Esa historia se ha metido en sus sueños.

El mismo día que llegó a casa tras la sesión de daguerrotipia abrió el libro del anciano y acudió directamente a la última página. La imagen ya la había perturbado la noche de lluvia en que la encontrara por primera vez, sin conocer todavía lo que se ocultaba detrás. Con toda la historia en la cabeza, el desasosiego ante la nebulosa que rodea al cuerpo tendido sobre la cama la desconcertó ahora con mayor intensidad. Aunque Clemente insinuara que tal vez se tratase solo de un daguerrotipo movido, al volver a ver la imagen Dolores percibió la vibración y el latido. Se estremeció con la posibilidad de tener ese objeto frágil entre las manos y ver su rostro reflejado en ese resto material del instante de la muerte.

Esa misma noche bajó al estudio y guardó el libro en uno de los armarios del pequeño almacén, como si de ese modo pudiera alejar de ella lo que fuese que estuviera ocurriendo en la imagen. También esa noche no pudo evitar entrar en internet y buscar «los inquietos» de todas las maneras y fórmulas posibles. Accedió a cientos de páginas de fotografía post mortem, pero en ninguna descubrió nada que se pareciera siquiera ligeramente a lo que había relatado Clemente. Le sorprendió, eso sí, el morbo y el enfoque macabro de gran parte de los textos que localizó. En la pantalla todo resultaba mucho más obsceno. Allí se encontraban expuestas a cualquiera, fuera de control, también inquietas. Comprendió en ese momento el sentido del álbum de terciopelo en el que Clemente entregaba las fotos. Una manera de conferir materialidad a las imágenes y convertirlas en algo que se puede tocar y abrazar como si fuera un cuerpo.

Eso fue lo que halló esa noche. Miles de imágenes vagando por el ciberespacio. Pero nada acerca de los inquietos.

Al menos, acerca de esa tradición fotográfica de la que le había hablado Clemente. Porque justo antes de cerrar el ordenador se tropezó con varios artículos que sí mencionaban algunos ritos funerarios antiguos para evitar «la inquietud de los muertos». Al parecer, en varias culturas había sido común colocar grandes piedras sobre los muertos o incluso fijarlos al suelo con clavos de bronce. Clavos mágicos para evitar que se moviesen de su lugar y regresasen al mundo de los vivos. Enormes piedras para que la tierra, en lugar de serles leve, les fuera grave y pesada.

No era eso lo que buscaba, pero en su cabeza esas imágenes también se quedaron clavadas, fijadas al pensamiento, como los muertos al suelo, o como la imagen última a la placa de cobre del daguerrotipo.

Clavar los muertos al suelo para que no vuelvan. Fijar los recuerdos. Más allá de lo macabro de la imagen, consideró que tenía sentido.

En su cabeza, el recuerdo de Luis no está fijado del todo. No cesa de moverse. En cierto modo es también un inquieto. Tal vez precisamente porque no está clavado. Porque en torno a él hay un vacío. Un espacio oscuro que ella no encuentra el modo de habitar. Es curioso, el recuerdo de Luis no ocupa un espacio delimitado y ella, en cambio, permanece anclada en el mismo lugar, como si las piedras grandes estuvieran sobre su propio cuerpo, como si los clavos mágicos la hubieran fijado al pasado para siempre.

Esos pensamientos la acompañan desde entonces. No ha querido decirle nada a Teresa, tampoco a Iván. No quiere que piensen que está sucediendo algo extraño en su cabeza, algo que no le hace bien. Pero lo cierto es que lleva unos días removida. Y las imágenes de los peces muertos que ha visto hoy han contribuido a acrecentar esa zozobra.

Esta noche, mientras trata de dormir, no puede evitar

120

que ambas imágenes se mezclen en su cabeza. La agitación infructuosa de los peces en la orilla y la sacudida agónica del cuerpo de la persona de la fotografía. También el vacío oscuro que le arrebata el aire. La inquietud, literalmente, en el interior del sueño.

3

Al día siguiente, antes de emprender su paseo matutino, coge la cámara de fotos y se la cuelga al hombro. Lo hace de modo instintivo, como cuando tenía veinte años. No lo piensa demasiado, pretende fotografiar la escena, documentarla, pero también observarla a través del visor.

La mañana es más fría de la cuenta para el mes de octubre y agradece la chaqueta y los pantalones vaqueros. También los zapatos cerrados. Camina decidida en dirección a la playa en la que han aparecido los peces. Quisiera llegar cuanto antes, pero el hecho de llevar la cámara colgada la hace aminorar la marcha. Todo lo que la rodea es también susceptible de ser fotografiado.

El pueblo parece el escenario de una película de catástrofes. Han pasado varias semanas desde las lluvias, pero los estragos aún son evidentes. Es esa mañana cuando lo advierte con más claridad: los restos del naufragio aún están ahí. «No quiero que se me olvide», dijo el otro día Carlos, el propietario del restaurante del puerto, cuando le preguntaron por qué dejaba a la vista las huellas de la inundación. Tampoco ella quiere olvidar. Y esta mañana decide fotografiarlo todo.

Cuando conoció a Luis, Dolores no se quitaba en todo el día la cámara del cuello. La Canon AE-1 que había comprado con sus ahorros. Era una pasión. Tal vez por eso Luis se fijó en ella. Una chica de su edad con una máquina tan profesional. Ese fue el inicio de la relación. Luis nunca se lo confesó, pero ella sabe que fue la cámara colgada al cuello y su manera de agacharse para encuadrar la escena lo que hizo que ella dejase de ser simplemente la amiga de su hermana y se convirtiera en Dolores, su Dolores.

–Lo tienes encandilado –le comentó Teresa el día después de que los dejara solos paseando junto al mar–. La chica de la cámara, te llama el tío.

Recuerda los primeros años. A él le gustaba enseñarle. Parecía disfrutar. Y ella era buena discípula. Aprendió el uso de la luz, sobre todo eso. Lolita, luz de mi vida, bromeaba Luis, seducido por su pulsión de retratar todo lo que la rodeaba.

¿Cuándo comenzó a dejarlo? En más de una ocasión se lo ha preguntado. Hoy también lo hace, cuando se descubre de nuevo con la cámara colgada de un hombro como si fuera un bolso, dispuesta a documentar los restos de la catástrofe. No recuerda una razón concreta. Simplemente ocurrió. Un día se levantó y no le apeteció cargar la cámara. Ese instante sentó precedente. Y los días se sumaron.

Cuando montaron el estudio, los papeles quedaron repartidos. Él era el fotógrafo, el artista de la imagen. Ella, su ayudante, la que estaba detrás del mostrador. Él miraba a través del visor de la cámara. Ella revelaba. Él era el profesional. Ella solo una aficionada que lo acompañaba y disfrutaba con su arte. Así era como tenían que ser las cosas. Ella debía hacerse a un lado y dejar que él se mostrase. Quizá por eso acabó confinándose en el estudio, como antes había hecho en la trastienda del bar. Las fotos de carné, el revelado, las tareas de interior. Nunca lo ha pensado como una renuncia, sino como una elección. Pero lo cierto es que esa decisión fue poco a poco apagando el entusiasmo y aletargando su mirada, que comenzó a replegarse, como si ya nunca más quisiera –o supiera– salir de ahí. Nunca hasta ahora. Nunca hasta estos días.

Tampoco es que haya pensado demasiado en todo esto. Simplemente ahora siente la necesidad de situarse de nuevo detrás del visor. Y supone que algo tiene que ver con lo que ha sucedido estas semanas, la manera en que ha comprobado que las fotos importan. Como le importaban a ella, como le importaban a Luis. Y, por supuesto, también está el don, la mirada. Esa que Luis llegó a ver en ella un día, pero que después se fue apagando. Esa que ahora se ha vuelto a encender. La mirada especial que Clemente insinúa que ella posee, esa que ahora la hace fijarse en lo que la rodea.

Al llegar a la playa, se encuentra con el gentío. Hay periodistas, vecinos, curiosos, turistas del desastre. Algunos con su cámara, la mayoría con el móvil. Le llama la atención la imagen, pero sobre todo el silencio. Los susurros, el rumor callado, que deja oír los infructuosos aleteos de los peces en la orilla.

Ella se aleja de donde se concentran los demás. La playa es grande. Los peces están por todas partes. Reconoce allí lenguados, mújoles, salmonetes, lubinas, magres, doradas, anguilas, incluso quisquillas y todo tipo de crustáceos. La orilla de la playa parece el mostrador de una pescadería macabra. Todo teñido por el verde fangoso de las algas y el agua. El agua contaminada como trampa mortal.

Anoxia. Se ha quedado con el término que ha oído en la radio. Falta de oxígeno en el agua. Los peces suben a la superficie para tratar de respirar y comienzan a morir ahí. Después son arrastrados a la orilla, donde muchos dan aún sus últimas bocanadas.

El Mar Menor convertido en cementerio. También lo ha leído en la prensa, donde todo el mundo intenta buscar una explicación. El resultado de la DANA. El agua dulce de las ramblas. Pero también la contaminación. Sobre todo la contaminación. Los nitratos de los cultivos del campo. Arrastrados ahora en mayor cantidad, pero constantes durante años. La explotación intensiva de la tierra como si fuera un almacén. La suma de todo y la culpa que nadie quiere asumir.

Prepara la cámara y toma una vista panorámica. De modo instintivo, ha cargado un carrete de blanco y negro –la conversación con el anciano ha calado en ella–. Después, se arrodilla sobre la arena para sacar un detalle y enfoca el ojo sin vida y la boca abierta de uno de los grandes mújoles que ocupan la orilla.

Todo está en silencio, pero la imagen grita. Tiene la sensación de oírla por el visor de la cámara. Un rumor continuo. Una especie de pitido agudo que percibe en la parte superior de la cabeza.

Se vuelve a poner de pie y se sacude la arena de los pantalones. El pitido tarda unos segundos en marcharse, igual que el mareo. Sucede cada vez que se agacha. Necesita unos instantes para que todo vuelva a su lugar.

Desde esa posición, vuelve a tomar varias fotografías. Mientras dispara la cámara, cae en la cuenta de que en realidad está captando imágenes de duelo. De los peces, pero también del mar. Y en cierta manera del pueblo. Es lo que piensa cuando regresa a casa y se fija en los negocios cerrados y los restos de la inundación. Imágenes de un fin que siente la necesidad de fotografiar. Experimenta la pulsión, la necesidad de retener el momento. Para no olvidar. Para fijar el tiempo. Como esos clavos mágicos que sujetan a los muertos al suelo.

Ese es el primero de muchos días. La recuperación de una rutina. Dar cuenta del mundo que la rodea. Y es lo que comienza a hacer durante varias jornadas. Por la mañana, al mediodía, al atardecer. A diferentes horas, con luces distintas. Fotografiar el pueblo después de la catástrofe, el pueblo que lleva tiempo sin mirar. Porque en estos últimos años apenas se ha fijado en cómo ha cambiado todo. Porque una cosa es ver y otra es mirar.

Es el viernes cuando se la encuentra, sentada a la mesa de una terraza frente al puerto deportivo. La mujer se levanta y la saluda. Al principio no la reconoce, aunque el rostro le resulta familiar.

–¿No suelta usted la cámara en ningún momento? –le pregunta.

Solo entonces cae en la cuenta: la hija del amigo del anciano, la que la recibió en el tanatorio el pasado agosto. No recuerda su nombre, pero sí la incomodidad que le hizo pasar mientras fotografiaba a su padre.

–Ascensión –se presenta.

Por cortesía, le pregunta cómo está.

–A todo se acostumbra una –le responde–. Aunque echo de menos a mi padre. Nadie es nunca demasiado mayor para morir.

–Es difícil. Con el tiempo...

Es entonces cuando la mujer le pregunta:

–¿Y cómo le fue con el anciano ese?

–¿Clemente? –corrige ella.

–Espero que no la haya camelado también a usted.

—No entiendo —dice Dolores.

—No se deje enredar. Esa estupidez de fotografiar a los muertos... No sé por qué lo permití.

—Recordar a quienes hemos querido... —contesta como si citara de memoria una frase de Clemente— no es ninguna estupidez.

—No. Es una locura que hacen los locos. No me extraña que nadie quiera saber nada de él.

Dolores se encoge de hombros y tuerce el gesto. No quiere discutir. Y le gustaría acabar la conversación para seguir tomando fotografías del puerto. La mujer parece que también entiende la situación y suaviza el tono.

—En fin..., solo quería saludarla. Pero ándese con ojo.

—Descuide.

—Y pregúntele algún día por qué está tan solo. A ver qué milonga le cuenta a usted.

4

Busca el momento preciso para preguntarlo. No logra encontrarlo de camino al tanatorio. Ha recogido a Clemente en su casa a primera hora de la mañana y desde allí han tomado la autovía hacia Cartagena. El edificio se encuentra al final de una de las primeras salidas, a las afueras de la ciudad. Durante los poco menos de treinta minutos del trayecto, el anciano le comenta los detalles. La mujer se desplomó en su casa de repente y esta tarde es el entierro. Uno de los hijos ha solicitado el servicio en el tanatorio.

Al salir del coche, ella vuelve a observar la escena desde fuera. Se pregunta si alguna vez podrá deshacerse de esa sensación de formar parte de una película. Clemente camina algo más erguido que la vez anterior, pero su respiración sofocada revela fatiga desde los primeros pasos. Lo acompaña con el trípode y también con la mochila en la que transporta la cámara y el resto del material. Avanza siempre un pequeño paso por detrás. Le ayuda a subir los repentinos escalones de acceso y entra con él en el vestíbulo. Mientras Clemente pregunta en el mostrador por la familia de la difunta, ella se fija en el espacio diáfano del recibidor, el tono anaranjado de todo, los muros de ladrillo visto y los pilares de hormigón, el suelo de terrazo que pretende imitar el mármol, los ojos de buey del techo, las sillas rojas de plástico en grupos de cuatro..., bien podría ser un consultorio médico o la sala de espera de cualquier edificio administrativo. Un espacio como cualquier otro. Un lugar aséptico, neutro, abstracto, sin nada particular. No ha estado nunca allí, pero todo le resulta familiar.

A su madre y a Luis los veló en el tanatorio central que daba servicio a los municipios de la costa. Aún no habían construido el del pueblo, en el polígono industrial. A su padre ya lo llevaron allí. Pero los recuerdos se confunden. En su cabeza es el mismo lugar. Un espacio sin alma, vacío, incapaz de mitigar la pérdida. Hormigón, hierro y ladrillo. Sofás y sillones indistinguibles. Tiene la impresión de que esos edificios son impermeables al dolor. Las viviendas, en cambio, acompañan a quienes se quedan. Es lo que sintió cuando a su tata Reme la velaron en casa, que el espacio lloraba, y también que curaba, que guarecía y arropaba en el dolor. Nunca lo ha comentado con nadie, pero habría preferido velar a sus muertos en casa. Siempre la ha contrariado esa extraña prisa en sacar al difunto del edificio en que vivió, la necesidad imperiosa de quitarlo de en medio cuanto antes. Sacarlo de la casa y sacarlo de la vida. Para que no la contamine ni la manche con su presencia. Llevarlo a ese espacio en mitad de ninguna parte, esa estructura abstracta diseñada para uniformar la memoria.

En ese espacio indiferente, Dolores acompaña ahora a Clemente hasta la sala que le ha indicado el empleado del tanatorio y, como sucedió la primera vez que lo ayudó, toma nota de todos sus movimientos. Le vuelve a llamar la atención su gesto sereno, frío y cálido a la vez. Con el hombre que sale a su encuentro al pasillo y también con el resto de los hijos de la difunta.

–Le acompaño en su dolor –dice. Y esa expresión le suena a palabra justa.

Son cuatro hermanos y solo el hijo menor pregunta si puede estar presente. Clemente le responde que sí y el joven entra con ellos en la sala donde se encuentra el cadáver. Dolores se abrocha la chaqueta de cuero. Al frío se suma el olor dulzón y cargante a rosas y claveles, cortante como el hielo.

Aunque no era su intención fijarse en el cuerpo, esta vez no puede evitarlo: el rostro de la mujer es pleno. No sabría decir por qué, pero imagina que no ha sufrido. El rostro, razona, contiene la memoria del dolor. Y en este no lo hay. Solo el ligero tono amarillento de la piel, esa especie de tersura pétrea, la hace pensar que está ante un cadáver. Se le vienen a la cabeza los clichés que suelen recitarse frente al difunto: «está propio», «tal cual como era en vida», «parece que duerme». Todos podrían aplicarse a la mujer que tiene delante de sí.

Trata de calcular su edad. Poco más de setenta. El hijo que permanece ahí es joven. No habrá cumplido los treinta. Aunque la camisa negra lo envejezca.

Clemente y Dolores respetan el silencio, intercambian apenas unos susurros leves con las indicaciones precisas. También tratan de ser rápidos.

–Entrar y salir con presteza –le comentó la otra vez, y a ella se le quedó grabado–. Interrumpimos su dolor. Durante este tiempo, este sitio es como su hogar, debemos marcharnos cuanto antes. Imagínese cuando entrábamos en las casas. Aquí parece que venimos de parte de la funeraria y eso incomoda menos.

Aun así, Dolores no puede escapar a la sensación de obstaculizar el dolor ajeno. Y, a la vez, imagina que existe en sus maniobras un pequeño alivio, como si cualquier actividad, cualquier cosa que suceda en ese espacio inerte, añadiese a las horas estancadas una última posibilidad de moverse.

Mientras ayuda a Clemente, repara en la actitud del hijo, atento a todos los movimientos de los fotógrafos. Se fija en cómo mira a su madre. Y no puede evitar ponerse en el papel de la difunta. La muerte propia. Lo ha pensado más de una vez, aunque nunca delante de un difunto: qué ocurriría si ella le faltase a Iván. Le cuesta considerar esa fragilidad. No es que se crea eterna; es más consciente que nadie de la muerte. Pero en estos años se ha convencido de que ella no puede faltar. Iván no podría soportar otra pérdida –al menos eso se ha dicho–. Ella puede acarrear todo el dolor, todas las muertes, su madre, su padre, Luis..., pero no puede faltar nunca. Es lo que más le aterra; faltarle al hijo. No se obsesiona pensándolo. Porque Dolores no concibe su propio fin. Ella estará siempre ahí. Estará para Iván. Todo el tiempo que haga falta.

Al salir de la sala, el joven hijo les da las gracias e inmediatamente se abraza con sus tres hermanos. Dolores atiende a la escena con el rabillo del ojo, mientras se dirigen ya a la puerta. El sufrimiento de los hijos. Es la excusa que utiliza en el coche para propiciar la conversación pendiente.

–Se les veía muy unidos –le comenta al anciano.

Él asiente, tratando de ponerse el cinturón de seguridad. Dolores no lo duda y le pregunta directamente:

–¿Hace mucho que no ve a su hijo?

Clemente vacila un momento, como si no esperara la pregunta, y acaba contestando:

–Demasiado.

Ella quiere saber más. A él le cuesta entrar en la conversación y responde con cierta desgana. Eric, se llama, como su abuelo materno. Sigue viviendo en Marsella. Trabaja en un banco. Tiene dos hijas. O tenía. Porque no lo ve desde el entierro de Gisèle.

–Ocho años van ya. Fueron momentos difíciles.

–Pero... ¿él le llama, se interesa por usted?, ¿lo llama usted?

–No nos llevamos bien, si lo pregunta por eso. Tampoco hay más que decir.

–Pero un padre y un hijo... –insiste ella, aunque no encuentra las palabras que busca–. ¿Él sabe que está usted...?

–¿Cómo estoy yo?

Dolores duda un momento. Solo y enfermo, quisiera decir, pero se muerde la lengua.

–... lejos –deja caer al final.

–Él sabe lo que tiene que saber.

–Ya, pero...

–Mire –concluye él para zanjar la conversación–, cada familia es un mundo. Y cada mundo es una historia que no todos pueden entender. *C'est tout.*

Dolores sospecha que ha cruzado una línea y decide no seguir hurgando. Clemente se queda callado y mira por la ventana. A ella le cuesta aguantar ese silencio. Es curioso, piensa, siempre ha huido del estruendo y el parloteo que le hacen recordar los gritos del bar de sus padres y, sin embargo, le causa vértigo esa distancia que se produce entre dos personas que callan una junto a otra, el universo que se abre entre ellas, el mundo particular en el que cada una se pierde. Sabe que a veces ese silencio es necesario, pero le resulta embarazoso. Tal vez por eso, para evitar que los mundos se separen del todo, decide comentarle que ha estado tomando fotos de los efectos de la inundación en el pueblo y que lleva varios días encerrada en el laboratorio revelándolas, una tarea lenta y laboriosa, pero placentera.

—Me gustaría que las viese –dice.

—Claro –contesta él–. *Avec plaisir.*

En el tono de su respuesta Dolores advierte que las aguas vuelven a su cauce. Le indica que lleva algunas ahí en el coche y él le propone tomar un café en casa para poder verlas con tranquilidad. Nada grave ha sucedido.

5

Es ella quien se empeña en preparar el café. Clemente ha llegado a casa más cansado de la cuenta. Ha tenido que ayudarlo a acomodarse en el sillón y, después de dejar sobre el sofá la carpeta transparente con las fotos, le ha acercado un vaso de agua.

–Habíamos quedado en un café –ha dicho él–. Lo preparo ahora mismo.

–No se preocupe, descanse usted. Yo me encargo.

La cocina es pequeña y no tiene dificultad para dar con todo. El paquete de Marcilla cerrado con pinzas de plástico lo encuentra en el primer armario que abre. Las tazas, boca abajo, están junto al fregadero. Y la cafetera la descubre debajo de un paño de cocina rojo ya descolorido. No la carga demasiado. No sabe si le sentará bien.

Mientras se hace el café, busca la leche y el azúcar. Localiza el azucarero en la balda de un armario que hace las veces de despensa. Le sorprende la cantidad de latas de comida precocinada apiladas al fondo. El frigorífico, en cambio, está prácticamente vacío. Un cartón de leche, un yogurt natural, un trozo de queso fresco y tres huevos.

Como si la hubiera oído pensar, desde el salón, Clemente se justifica:

–Vasil tiene que hacer la compra esta semana. Ya se lo dije: no piense que paso hambre.

Tras unos minutos, Dolores vuelve al salón con las tazas, el azúcar –no ha encontrado sacarina– y la cafetera en una bandeja. Ella misma, siempre tan prudente, se sorprende de la confianza que se ha tomado.

Clemente ha abierto la carpeta y tiene ya algunas fotografías sobre su regazo.

–Son bellas –comenta después de que Dolores le sirva el café–. Y extrañas.

–Son imágenes del desastre.

–Paisajes de duelo, *c'est vrai*. Aun así, hay belleza. Pero, sobre todo, hay arte. Su modo de mirar el mundo...

–Son las primeras que hago en mucho tiempo... por voluntad propia –aclara.

Él continúa observándolas un rato, como si buscara entresacar lo que hay en su interior. A ella le gusta cómo las estudia. Así era como miraba Luis al principio, cuando ella fotografiaba todo lo que tenía a su alrededor y él alababa su capacidad para encontrar siempre el punto de vista más inesperado, el lado menos evidente de las cosas, el que horada la superficie y revela algo que estaba ahí pero no se distinguía a primera vista. Así son las fotografías que ha tomado de los estragos de la inundación del pueblo. Y también las de los peces muertos en la orilla de la playa. Imágenes sin gastar, que requieren una mirada lenta. Una mirada en tres pasos, decía Luis. Un movimiento inicial para entender lo que la imagen muestra desde su inusual punto de vista. Otro para relacionarlo con la experiencia previa que uno tiene del objeto –lo ya visto–. Y otro final que constata que lo que muestra la imagen y lo que está en nuestra experiencia previa nunca se ajustan del todo. Una mirada compleja, que piensa y hace pensar. Ella nunca lo formuló con estas palabras. Simplemente, era su manera de fotografiar, de acercarse a las cosas desde el ángulo menos previsible. Un acercamiento que, después de tantos años dormido, creía extinguido para siempre. Pero al ver ahora el gesto concentrado de Clemente, la intensidad y la atención con que las aprecia, entiende que nada se pierde del todo y que hay cosas que nunca se olvidan. Le alegra ser consciente de ese despertar.

–Son muy poderosas, Dolores, de verdad.

Se da cuenta en ese momento de que la carpeta de plástico que guardaba las fotos también contiene las pruebas malogradas. Movidas, oscuras, mal positivadas... Intenta disuadir a Clemente de verlas y trata de cerrar la carpeta cuando llega a ellas. Él agarra su mano y le impide que lo haga.

–También estas me gustan –le dice.

–Son fallos.

–Ninguna imagen es fallida.

Le gusta cómo suena esa frase. Él sigue aún con su mano agarrada. La suelta por fin y se demora un instante más observando las fotos. Después, se levanta del sillón con lentitud extrema y le dice que lo acompañe a la habitación de la colección. Quiere mostrarle algo. Ella lo sigue por el pasillo y observa cómo arrastra los pies.

–No le enseñé toda la colección –le dice abriendo un gran armario de madera situado en una esquina–. Aquí guardo mi archivo del fracaso. Es usted una de las pocas personas a las que he mostrado esto.

Le cuenta que ha comprado algunas, pero que la mayoría son suyas. Después se deja caer con cuidado en el sillón del centro de la habitación y le dice que puede abrir y ver lo que quiera.

136

Ella se acerca y despliega cautelosa algunos de los archivadores de cartón. Encuentra en ellos imágenes a medio formar. No finalizadas. Rayadas. Desgarradas. Tachadas. Pruebas de tiempo. Imágenes sin apenas imagen. Hay paisajes, familias, eventos, retratos, incluso varias fotografías mortuorias. Alguna de ellas le hace pensar en los inquietos y en la imagen del libro. Aunque lo que percibe ahora no tiene nada ver con lo que sintió ante aquella imagen. Aquí no hay perturbación, sino todo lo contrario. En estas imágenes está impresa la nostalgia. Siente que son en sí mismas mundos perdidos. Las palabras de Clemente lo confirman:

–Fueron recuerdos creados para alguien, pero nunca llegaron a su destino. Así que siempre han estado solas. Por eso me gusta tenerlas aquí, todas juntas, haciéndose compañía.

Ella agradece sus palabras y también el gesto que ha tenido al mostrarle algo tan privado.

–Tómese el tiempo que necesite –le dice.

Dolores se demora unos minutos más y poco después regresan al salón. Ella lo acompaña por el pasillo y, al llegar, sostiene su brazo mientras él se acomoda lentamente en una esquina del sofá. Clemente se queda unos instantes en silencio, intentando recuperarse del esfuerzo.

–Enseguida llega Vasil –anuncia al final–. Es su hora. Puede marcharse cuando desee.

–Pero ¿se encuentra mejor?

–Solo estaba cansado. *Je vais très bien*. No se preocupe.

Pero ella sí se preocupa. No lo puede evitar. Así que comienza a recoger sus cosas con parsimonia tratando de hacer tiempo hasta que Vasil regrese. Introduce las fotos lentamente en la carpeta y la encaja como puede en el bolso. Después, desoyendo la advertencia del anciano, recoge las tazas, el azucarero y la cafetera y lo lleva todo a la cocina.

Incluso se demora en el fregadero, lavando a conciencia la cafetera italiana.

Cuando llega Vasil, apenas diez minutos más tarde, la encuentra en la cocina con la chaqueta remangada y la blusa salpicada de agua.

–No quería dejarlo solo –admite en voz baja.

–Ya cuido yo ahora bien. Gracias.

Sus palabras la tranquilizan. Se coloca bien las mangas de la chaqueta y sale de la cocina. Se acerca al sofá, alcanza su bolso y se despide de Clemente. Duda un instante cómo hacerlo y, al final, posa su mano en el hombro al pasar junto a él.

–Cuídese –le dice.

Él gira el rostro hacia ella y le sonríe. Su gesto de agradecimiento se le clava en el estómago.

6

¿De dónde ha salido ese pinchazo en las entrañas?, se pregunta en el coche de camino a casa. No tiene que cavilar mucho. Es capaz de reconocer como nadie esa mirada solícita e indefensa. Tuvo que lidiar con ella durante demasiados años. Pensaba que no la volvería a encontrar.

No sabe qué habrá entre el hombre y su hijo, pero sí tiene claro que no debería escapar uno a la responsabilidad adquirida con los padres. Ella, al menos, no lo hizo, y asumió esa responsabilidad hasta el final, cuando lo más fácil habría sido llevar a su padre a una residencia y quitarse de encima el problema. Ya ayudó a su madre a cuidarlo cuando, a mediados de 2004, le diagnosticaron la enfermedad. No será de un día para otro, les dijo el médico, llevará bastante tiempo, pero su padre dejará de ser quien ustedes conocen. Con el tiempo se apagará, se irá desvaneciendo poco a poco. Recuerda el drama de ese día. Lo lloraron como si ya hubiera muerto. Ella consoló a su madre. Estaría allí para lo que hiciera falta. Iván solo tenía cinco años, pero ella buscaría la forma de ayudar. Aun así, confiaba en su madre y estaba convencida de que, a pesar de los kilos y la úlcera en la pierna, ella era fuerte y podría cuidarlo hasta el fin, ese fin que, aunque aún tardase en llegar, todos habían comenzado a asumir. Pero la vida no responde a un programa ordenado de acontecimientos y, poco menos de dos años después, fue la madre quien se desplomó en el supermercado y ya no hubo manera de reanimarla. El corazón le había explotado.

A Dolores también algo le explotó. De repente, perdió a su madre y tuvo que encargarse de su padre. Era lo que había que hacer. Al menos, tuvo el apoyo de Luis. Para él tampoco había ninguna duda. Es tu padre, eres hija única, es lo que toca, lo que tienes que hacer; no lo vas a dejar solo. Él fue también quien planteó alquilar la casa del pueblo cuando instalaron la cama del padre en la habitación que antes utilizaban para planchar y guardar enredos. El dinero extra ayudaría a paliar la nueva situación.

Al principio, incluso Iván agradeció estar cerca de su abuelo. Pero nadie sabía aún lo duro que puede ser el alzhéimer y lo rápido que, a pesar de la supuesta lentitud que les había anunciado el médico, suceden las transformaciones. En pocos meses, el padre era ya otra persona, sobre todo cuando llegaban las noches. Es el cambio de casa, que lo ha acabado de trastornar, se decían. Ya se acostumbrará y regresará a la normalidad. Pero ni él se acostumbró, ni la normalidad regresó jamás.

Allí acabó la privacidad. Y, en cierto modo, también la vida con Luis. Antes incluso de su muerte. Eso lo ha pensado muchas veces: en aquellos años comenzaron a separarse. Esos fueron los años vacíos. Así los denominó ella, que aún no sabía que eran también los últimos años. Los años en los que fue una madre para su padre y una madre para su hijo, pero no una esposa para su marido.

Luis nunca le reprochó nada. Aunque era evidente que en casa las cosas no funcionaban. No le dijo que no aguantaba la situación, que se habían equivocado, que así no podían vivir. Porque sí podían, aunque vivir fuese algo diferente a lo que les habían vendido. Aunque vivir fuese también cuidar a los demás y descuidarse a una misma. Dejarse, abandonarse, desaparecer.

Fue en esos años cuando Luis compró la moto en la que acabó matándose. Un amigo la vendía porque ya no la utilizaba. Una ganga. El dinero no sería problema; podría pagarla poco a poco. Y una tarde, sin avisar, llegó a casa subido a la Yamaha V Star, la aparcó frente al escaparate del estudio y cruzó la puerta con la chaqueta de cuero y el casco debajo del brazo.

Recuerda perfectamente la impresión, el fogonazo que trajo de repente todo el pasado feliz. Fue así como lo conoció, subido a una moto; era la primera imagen que conservaba de él. Y esa tarde todo regresó por un momento: aquellos primeros años, el enamoramiento, la incertidumbre, la pasión, la libertad. Pero el fogonazo se desvaneció en un instante. Y de inmediato comprendió que ese pasado solo regresaba para Luis.

Las motos habían sido su vida. No entendía cómo había podido pasar todos esos años sin volver a subirse en una. Necesitaba recuperar la afición de su adolescencia. Ese fue su argumento. Aunque ella era consciente de que lo único que pretendía era escapar. Salir de aquella casa oscura, de la televisión a todo volumen, los pestillos echados en todas las puertas, los pañales de adulto apilados en el baño y el olor contagioso de la vejez. También a ella le habría gustado huir. Fugarse hacia ese tiempo feliz. Pero se quedaba allí y escuchaba el rugido de la Yamaha retumbar y perderse en la lejanía. Ella, sola, también rugiendo por dentro: ojalá le pase algo, una avería, un pequeño percance, lo justo para frustrar sus planes, lo justo para hacerlo volver a casa.

Eso fue lo que pensó también el último día. Lo deseó con más fuerza que ninguno. Todo el fin de semana a Jerez, con los amigos, disfrutando de la vida, de la vida de verdad, mientras ella atendía a su padre y mantenía la casa para todos. Todo el fin de semana fuera de aquel lugar oscuro, lejos de ella.

Ojalá se acaben de una vez las motos, ojalá me acompañes en esta miseria, ojalá tu felicidad se transforme en tristeza.

Y el deseo se cumplió.

Y la culpa ya no se movió nunca del sitio.

Se castigó por ese pensamiento y también por todo lo demás. Si no se hubieran llevado a su padre a casa, tal vez Luis no habría comprado la moto, no se habría distanciado, ella no habría deseado el accidente, él no habría muerto. Se culpó ella y no pudo evitar culpar a su padre. Sobre todo, los años que siguieron a la muerte del marido. Porque si los primeros años con su padre en casa y Luis alejándose son los años vacíos, los que mediaron entre la muerte de Luis y la de su padre ni siquiera poseen el estatus de tiempo. Son los años del duelo pospuesto, sin nadie con quien llorar, sin el descanso necesario para asumir la pérdida. Los años de la ficción. Porque eso es lo que Dolores hacía frente a su padre, fingir, ocultar el sufrimiento. Algunos días pensaba en hablar con él, compartir su dolor. Pero después descubría su mirada perdida y comprobaba que no tendría demasiado sentido hacerlo.

Seis años de duelo contenido. Seis años en los que los dos se fueron debilitando poco a poco. Cuando murió, ella consiguió respirar. No deseaba su muerte, por supuesto, pero cada día era una condena, una espera continua. Una demora. También del duelo por Luis. Fue entonces, seis años después, cuando por fin pudo comenzar a llorarlo, como si todo hubiera estado allí aguardando, posponiéndose hasta el final.

Es de ese duelo del que ella aún no ha conseguido salir. De todo el sufrimiento acumulado. También de una vida hipotecada y entregada a los demás. Por eso el café que hoy ha preparado a Clemente significa demasiadas cosas. Por eso la mirada de agradecimiento e indefensión del anciano le ha provocado un pinchazo en el estómago. No puede evitar la empatía con la soledad. Pero ella ya ha sufrido por los suyos. Era su responsabilidad. No puede cargar ahora con algo que no le corresponde. Es lo que piensa hoy mientras conduce de vuelta a casa y trata de restablecer su coraza. Ha tenido suficiente. Clemente no es su problema. No debería serlo.

7

Una mañana más, levanta la persiana del estudio para nada. Hoy ni siquiera se acerca algún despistado a preguntar si hace fotocopias o vende cuadernos y bolígrafos –nunca ha logrado entender esta confusión recurrente–. Sentada junto al mostrador, con la radio de fondo, saborea ese tiempo vacío. En el fondo, se dice, no necesita otra cosa. Por esa razón, trata de encontrar una excusa convincente para sortear el compromiso de la tarde. Hace unos días, le prometió a Alfonso visitar el Archivo Fotográfico y, muy a su pesar, accedió a una cena con él. La posibilidad de aprovechar el viaje para ver a su hijo, aunque fuera unos minutos, le hizo aceptar la invitación. Anoche, a última hora, Iván le anunció que el día que habían acordado lo pasaría en la casa de campo de un amigo. Un plan de última hora, cumpleaños sorpresa. Lo sentía mucho, pero tenía que comprenderlo. Claro, le aseguró ella. Pero en ese momento se le vino el mundo al suelo y pensó inmediatamente en cancelar o posponer la visita al Archivo. Con esa idea se fue a la cama anoche y es con la que se ha levantado.

Le gustaría saber decir que no, ser firme y expeditiva. Es lo que piensa cuando, después de la siesta, renegando para sí, sube al coche y emprende el camino hacia Murcia. No es la primera vez que se descubre haciendo algo que no desea solo por no incomodar a los demás. Y aunque por dentro explote, es capaz de fingir y poner buena cara. En más de una ocasión ha llegado a asombrarse de su actuación.

—Esta tarde estamos cerrados al público —dice Alfonso después de abrirle la puerta y saludarla con dos besos—. La visita será más especial.

Mientras la acompaña a través de las instalaciones, le explica el funcionamiento del Archivo. Lo gestiona la Comunidad Autónoma y su sentido principal es preservar el patrimonio fotográfico. Restaurar fotografías antiguas. Él es el director desde hace dos años, el encargado de mantenerlo a flote. Aún está conociendo las colecciones.

Después de cruzar varios pasillos estrechos, llegan a la sala de conservación. Un cubículo rodeado por mamparas de vidrio opaco y varias máquinas cuya función no consigue identificar. Tampoco reconoce el olor fuerte que impregna toda la estancia.

—Nos hemos acostumbrado —afirma Alfonso—. Pero no es agradable, lo sé.

Dos jóvenes con mascarilla y bata blanca restauran fotografías. Son becarios de la universidad, le aclara. La saludan con la mirada.

Continúan la visita y se detienen en la parte central del Archivo, una sala de techos altos atestada de armarios y estanterías de metal. Una mesa grande en el centro y algunas vitrinas con fotografías antiguas ya restauradas.

—Este es el sanctasanctórum —dice—. Aquí lo guardamos todo. Y lo ponemos a disposición de quien lo quiera consultar.

Se sientan a la mesa y él le muestra un libro de grandes dimensiones encuadernado en tela roja.

–Este es otro de los proyectos importantes –continúa–. El Álbum Fotográfico de la Región. Una memoria visual de esta tierra. El libro es una selección de fotografías. De las últimas cosas que hemos publicado. El texto es mío –dice antes siquiera de que ella pueda verlo–. Una pequeña tontería.

–Es bonito el libro –comenta ella. Lo ojea por encima y se fija en varias fotos antiguas de la ciudad.

–La negociación de algunas colecciones me ha costado sangre, sudor y lágrimas, sobre todo con los herederos. Las viudas son lo peor.

Dolores lo mira con estupefacción.

–Perdón –se retracta él–. Ya sabes..., es un decir.

–Ya. Lo sé.

–Espera –cambia de tema inmediatamente–. Esto te va a interesar.

Se levanta, abre uno de los cajones y regresa con una serie de fotografías en sobrecitos de plástico que deja sobre la mesa. Fotos de difuntos. Dolores las inspecciona con curiosidad.

–Fernando Navarro –explica–. Uno de los históricos de la región. La familia ofrecía todo el servicio. La confección del ataúd, las flores, incluso el transporte hasta el cementerio. Un todo incluido.

Dolores escucha el comentario irónico de Alfonso sin quitar ojo a una de las fotografías. Un grupo de personas junto a una difunta. Todos enlutados. Los vivos parecen más muertos que la fallecida. Pero lo que más le llama la atención es el modo en que se muestra el mundo rural. La mayoría de las imágenes que ha visto –las que ilustran el libro de Clemente, también las que ha encontrado en inter-

146

net– son francesas, inglesas, norteamericanas..., difuntos burgueses, vestidos de época. Fotografías lejanas. Pero aquí observa una escena costumbrista. La muerte cercana, aunque distante en el tiempo.

Mientras estudia las imágenes, Alfonso le acerca un libro sobre ese mismo fotógrafo.

–Por si te sirve de inspiración. Lo hemos publicado en el Centro.

También le regala un pequeño librito de una colección particular de fotografías.

–Esta la conseguí yo solo, negociando con el coleccionista. ¡Dónde van a estar las fotos mejor que aquí!

Ella le da las gracias y coloca el libro sobre los demás. Es ya una pila considerable.

–No te preocupes. Te busco una bolsa.

Dolores se queda unos segundos sola en la estancia y abre el libro que le ha regalado Alfonso. Al final de un prólogo también escrito por él, encuentra una foto suya con el propietario de la colección, con gesto sonriente y satisfecho. Un cazador furtivo posando junto a su presa abatida.

–Es una colección impresionante –comenta al llegar con una bolsa de papel en la mano. Introduce los libros dentro de ella y le pregunta–: ¿Tú crees que podríamos convencer a tu Clemente Artés para que cediera la suya?

–No es mío –contesta ella casi sin pensar–. Y no sé si estará interesado.

–¿Crees al menos que podría recibirme? ¿Podrías proponérselo? Es un favor que te pido.

La petición suena muy expeditiva. Demasiado, piensa Dolores, que se queda un segundo sin saber muy bien qué responder.

–Supongo que no será un problema –acaba diciendo.

Su gesto de satisfacción la preocupa.

147

En el restaurante, Alfonso saluda al camarero y este los conduce al final de la sala, una esquina separada del resto del espacio por una pequeña celosía blanca

–He reservado esta mesa. El dueño es amigo. Nos va a preparar algo especial.

Alfonso ni siquiera abre la carta. No le hace falta mirarla. A no ser que ella desee algo concreto o tenga algún tipo de intolerancia.

–Lo que tú decidas –dice Dolores.

Pregunta por el propietario y le dice que le prepare lo que él sabe. Y que no deje de ponerles en cualquier caso las croquetas de gamba, las navajas especiales y el ssäm de panceta. Y el vino, el jumilla que probó la otra vez, pero el de 2017 si es posible, que es la añada buena de esa bodega.

Las formas de Alfonso no terminan de convencerla, su decisión y diligencia extremas, tan alejadas de las de Luis, que siempre la dejaba proponer o que directamente no tenía idea alguna de lo que había que pedir en ningún sitio y le costaba horrores decidir. Solo cuando salían con Teresa y su marido ordenaban con celeridad. Ella tomaba la iniciativa y sabía en todo momento lo que había que marchar. Luis, en cambio, parecía encontrarse en un dilema constante. Solo tenía claro lo concerniente a la fotografía. En la vida cotidiana podía llegar a ser exasperante. Decidir la decoración de la casa o del estudio fue una pesadilla. Como solía serlo encontrar unos pantalones o unos zapatos, o incluso una película que ver en el cine o la televisión. Aunque a veces podía ponerla de los nervios, había algo tierno en esa indecisión constante. Ella al menos lo sentía así. Porque más que una duda era una aceptación de que no todo tiene por qué saberse de modo inmediato, que existe el derecho a no tener las cosas claras.

Alfonso, en cambio, parece saberlo todo: adónde ir, dónde sentarse, qué pedir, qué vino marida mejor con cada plato. Eso, es cierto, facilita las cosas a quien está a su lado; solo hay que dejarse llevar y seguirlo. Pero ella no está cómoda entre tanta seguridad. Y quizá por esa incomodidad, por querer afirmarse o por decir algo que ella sí conoce en medio de tanta certeza, se sorprende a sí misma preguntando de repente:

—¿Conoces la tradición fotográfica de los inquietos?

—¿Cómo?

—Los inquietos —repite.

—No sé a qué te refieres.

Es lo primero que él no sabe esta noche. Dolores no puede evitar una especie de secreta satisfacción. Y, sin tener tampoco claro por qué lo hace, comienza a relatarle todo lo que Clemente le contó sobre esa práctica atroz. También le habla de la imagen del libro y de la emoción perturbadora que le transmitió, por mucho que el anciano le hiciera creer que se trataba tan solo de una foto movida. Mientras habla, sin embargo, su satisfacción se transforma en intranquilidad. Es consciente enseguida de estar revelando algo privado, una pequeña traición a la confianza que Clemente ha depositado en ella. Lo siente así cuando se fija en los ojos abiertos y el gesto atónito de Alfonso, entregado al relato.

—Fascinante —exclama—. Es la primera vez que oigo eso. Parece *El fotógrafo del pánico*. La cámara que capta el instante de la muerte. Me encantó esa película. Seguro que las has visto.

—Sí —cree recordar, aunque no llega a estar segura.

—Es que suena a *snuff movie*. Conozco a alguien a quien le va a entusiasmar todo esto. Un compañero del máster de la Complutense que...

—No es necesario, de verdad —interrumpe Dolores, que

trata de cambiar rápidamente de tema, confiando en que Alfonso se olvide del asunto. Tal vez ya sea tarde. Aun así, lo intenta–: Dejemos eso y cuéntame.

–¿Qué?

–No sé. De ti –dice, impresionada ahora por ser tan directa–. Lo que hacías antes de dirigir el Archivo.

Aunque apenas le importa lo que él tenga que contarle, la conversación se dirige así hacia otro lugar y, por un momento, ella respira tranquila. Finge atención como ella sabe y se entera de que Alfonso estudió Geografía e Historia pero no llegó a entrar en la universidad porque no tuvo padrino. En lugar de flaquear, esa fue la excusa perfecta para marcharse a Madrid, donde pudo conocer el mundo del arte desde dentro. El mundo de verdad. Trabajó durante diez años en una galería. Incluso llegó a probar con una pequeña empresa de gestión cultural. No le fue mal, pero todo se acaba. También las fases de la vida. Doce años de matrimonio. Dos hijas que ya son prácticamente unas mujeres. Le enseña la foto. Se parecen a él. Después, regresó a Murcia y surgió la oportunidad de dirigir el Archivo. El director anterior estaba a punto de jubilarse. Él tenía la experiencia en gestión y también contactos. Del mundo de verdad, el de Madrid. Nunca había dirigido una institución así. Pero el centro funciona solo, con los funcionarios haciendo honor a su nombre.

–Esto durará lo que dure. Así que intento disfrutar del momento y hacer bien las cosas.

Dolores siente entonces la obligación de hablar sobre ella. Es lo que más odia. Relatar la vida es una manera de volverla a recorrer, de resumirla y que todo suene anecdótico. No puede entender que a alguien le interese escuchar lo que tiene que decir. Así que trata de ser rápida y buscar lo más relevante. Habla de sus coqueteos con la fotografía, sus años en la escuela de arte, cómo conoció a Luis y montaron el estudio, cómo poco a poco se hicieron un nombre en el pueblo, la muerte de sus padres, el nacimiento de Iván...

–Y, bueno, el accidente.

Dolores lo suelta casi sin inmutarse. Ya le habló de eso la noche que lo conoció. No quiere incidir. Ni en la historia ni en la emoción.

Alfonso responde con monosílabos. Ella tampoco pretende incomodarlo. Ni a él ni a nadie. Es su actitud. No incomodar, ocultar el dolor. Incluso con Teresa le cuesta sacarlo a la luz. Su madre la enseñó a eso, a disimular el sufrimiento, a guardárselo todo para ella. Eso es lo que debían hacer las mujeres: ser prudentes, saber callar, saber aguantar.

Es más tarde cuando Alfonso le pregunta por las fotografías:

–¿Y qué es exactamente lo que sientes cuando estás frente a un muerto que no conoces?

La pregunta tiene doble sentido. Le desagrada cómo está formulada. Dolores considera que tiene que ver con la conversación que aún no ha terminado y alude también a Luis. No le gusta esa relación entre las fotografías que ha realizado y la muerte de su marido. En su cabeza lo ha disociado. Igual que la muerte de sus padres. Esas muertes pertenecen a otro territorio. No son sus muertos, le contestó a su cuñada. Y es lo que podría decirle ahora a Alfonso. También podría tratar de hablarle de esa coraza que con el tiempo ha logrado construir y explicarle que en realidad ella está cerrada y que tal vez por eso no siente nada. Se lo ha preguntado a sí misma estos días. Al situarse frente a los cuerpos sin vida, pero sobre todo al encontrarse frente a los hijos, los maridos, los hermanos. Al escuchar su llanto. En todo momento su coraza ha permanecido inexpugnable. Sabe que sin ella todo se vendría abajo, que ahí está la respuesta, que es la coraza la que le permite no sentir nada. O al menos intentarlo. Pero eso también lo guarda para ella.

–Es difícil –acaba diciéndole–. Muy difícil.

–Debe de serlo –repone él.

Cuando el camarero deja la cuenta sobre la mesa, Alfonso no le da la oportunidad de pagar. Arroja su tarjeta sobre la bandeja de metal y la mira satisfecho.

–No era necesario –dice ella.

–Faltaría más. Has venido a visitarme. –Dobla el recibo por la mitad y lo introduce en la cartera entre una maraña de pequeños papeles.

Al salir del restaurante, los recibe el helor de finales de octubre, la humedad de las noches de otoño. Lo nota sobre todo en las mejillas.

Caminan juntos hasta el aparcamiento de la plaza del Ayuntamiento. Apenas se topan con nadie por las calles. Alfonso guarda en todo momento las distancias.

–¿Estás bien para conducir? –le pregunta al llegar.

–Casi no he bebido –responde.

Se quedan unos segundos de pie junto al Corsa blanco. Dolores busca las llaves en el bolso y nota que le tiemblan ligeramente las manos. Ha olvidado qué hacer en estas situaciones. Solo quiere entrar en el vehículo y regresar a casa. Entre otras cosas, ha empezado a sentir una presión en la vejiga y no sabe si podrá aguantar a llegar.

Es entonces cuando Alfonso le agarra la mano y lleva el dorso hacia sus labios.

–Ha sido un placer, Dolores.

–Lo mismo digo –contesta ella, sonrojada y a la vez aliviada por que la interacción se haya frenado ahí.

152

Sube al coche, arranca y comienza a maniobrar. Alfonso la asiste con indicaciones. Antes de salir del aparcamiento, la sorprenden unos pequeños golpes en la ventanilla del copiloto.

—¡La colección! —exclama Alfonso—. No olvides comentárselo a Clemente Artés. Me harías un gran favor. Me hace falta algo así para el Archivo.

8

No, no siente nada. Es lo que ocultó a Alfonso en la cena y lo que en realidad sucede cuando entra en la sala fría del tanatorio y despliega el material fotográfico cerca del difunto. No piensa en nadie, no escucha a nadie. En todo momento trata de mantenerse detrás de su coraza, ese caparazón que fue tomando forma tras la muerte de Luis y que en más de una ocasión ha llegado a notar de modo físico, un peso real, una piedra curva cerrada sobre el pecho. Lo imagina así. Y quizá también por eso se siente protegida. Aunque a veces le cueste respirar. Pero con la coraza se atreve a todo, resguardada por una armadura que la hace sentir menos, pero que la salva del dolor. Del propio, y también del ajeno. Una coraza que ella cree manejar a su antojo, aumentando o disminuyendo su grosor, decidiendo cuándo llevarla y cuándo dejarla de lado. O eso al menos es lo que creía. Hasta que llega el día de hoy y la coraza se rompe en mil pedazos.

Tres años. Un cáncer de médula.

En el trayecto hacia el tanatorio aún no puede imaginar lo que está a punto de suceder.

—No es igual que los demás —advierte Clemente—. Si quiere, puedo hacerlo yo. Me espera fuera. Es duro.

Pero ella insiste. Y su insistencia lo quiebra todo. Sucede antes incluso de ver el pequeño ataúd. Es el ambiente del tanatorio, la reserva y respeto extremos. Ni siquiera se oyen los habituales cuchicheos en el exterior. La pura imagen de la desolación, el silencio después de un gran cataclismo.

Intenta escudarse una vez más en el anciano. Pero esta vez no sirve de mucho. La tristeza los rodea. Nota la presión en la cabeza, el peso del aire sobre el cuerpo.

Los reciben los padres del niño. Una pareja joven. No habrán cumplido los treinta. El padre apenas puede mirarlos. Es la madre quien habla:

–Gracias por venir –dice–. Queremos recordarlo siempre. Hemos tenido tan poco tiempo...

La entereza de la madre derrumba a Dolores. Supone que son las pastillas. O la sensación de incredulidad. La falsa entereza, como la que ella misma tuvo en el entierro de Luis. No se derrumbó entonces. Tal vez fuera en aquel momento cuando empezara a tomar forma la coraza.

Es la idea de lo que está sucediendo allí la que comienza a llenar sus ojos de lágrimas. Más incluso que lo que ve cuando abren la puerta de la sala y el frío, una vez más, hiela sus huesos. La idea más que la imagen. Porque el pequeño cuerpo parece dormido. Más que cualquiera de los muertos que ha visto. Es lo que dice la madre:

–Está dormido.

Es inconcebible verlo de otro modo.

–Dormido en un jardín –suspira–. Intenten ocultar el ataúd.

Mueven las flores. Todas las que atestan la sala. Nunca ha visto tantas. Con ellas consiguen disimular la pequeña caja blanca. Mira por un momento la imagen: el niño parece emerger de entre los ramos y las coronas.

Clemente indica a Dolores dónde colocar el trípode y

el reflector. Lo hace con más calidez de lo habitual. Debe de imaginar lo que está pasando por su cabeza.

Trabaja como un escenógrafo. Su rostro trasluce el pesar, pero sus ojos se mantienen secos en todo momento. No así los de Dolores, que se humedecen sin pausa por mucho que ella los intente controlar. Aprieta las mandíbulas para aguantar el llanto. Respira de modo entrecortado. Esa es también su batalla. Demostrar profesionalidad. No quiere derrumbarse delante de la madre.

–Son ellos los que sufren –le comentó Clemente antes de la primera foto–, no se les puede arrebatar su dolor.

Pero al contemplar la escena ya dispuesta e imaginarla como fotografía nota una lágrima deslizarse por su rostro. Percibe el sabor salado y aprieta aún con más fuerza los dientes.

–Ponga ahí el panel reflector –le indica el anciano–, que dirija la luz a la cara.

Sus palabras resuenan con especial sequedad en la habitación helada. Cualquier expresión que no fuera de dolor también lo haría.

La madre observa el ritual. El padre se ha quedado en el exterior. Dolores se acerca al rostro del niño para iluminarlo. Sus escasos cabellos están peinados con la raya en el lado derecho, como un adulto. ¿Lo habrá peinado la madre? Recuerda entonces algunas de las fotografías que ha podido ver en la casa del anciano. En especial un pequeño daguerrotipo junto al que se guardaba un mechón de pelo. Clemente se lo explicó entonces: el pelo era una reliquia, como la foto, un signo de la presencia de la criatura en el mundo. Lo ha leído también en el libro: fueron las fotos más comunes, las de niños. Por la alta mortalidad, pero también por esa idea cada vez más extendida de que aquellos que no poseen una imagen no han existido. Recuerdos de una vida fugaz. Más un *memento vita* que un *memento mori*.

Angelitos, ese era el término popular. Porque eso es lo que parecían rodeados de flores y con el cuerpo ligeramente elevado. Pequeños angelitos que ascienden a los cielos. Ha visto muchas de esas fotos y siempre le han generado un tremendo desconsuelo. Pero nada de lo visto se parece a lo que ahora sucede en la sala fría del tanatorio. La imagen no la protege. Está dentro de la escena. No encuentra el modo de establecer un corte entre lo que ve y sus emociones, entre ella y lo que tiene delante de los ojos.

En ningún momento la concentración en sus tareas la evade de las implicaciones de lo que sucede ahí. No es solo una escena, una fotografía; es un niño. Es el futuro quebrantado, el fracaso de la vida; la evidencia, más que cualquier otra cosa en este mundo, de que nada tiene sentido si algo así puede suceder.

Aguanta hasta llegar al coche. Con los dientes apretados se despide de los padres y sale de la sala. Camina unos metros detrás del anciano, aún más despacio que él, como si no pudiera contener el dolor y coordinar sus movimientos al mismo tiempo. Cuando alcanzan el Opel Corsa, ella abre el maletero y deja la mochila y el trípode en su interior. Después ayuda a Clemente a sentarse en el asiento del copiloto, cierra su puerta y se queda unos segundos de pie, con la mirada perdida y el cuerpo apoyado en el coche. Es entonces cuando comienza a llorar desconsolada. Quisiera haber aguantado hasta dejar a Clemente en su casa, pero no lo puede controlar. El llanto brota justo en ese momento y ya no encuentra el modo de detenerlo.

El anciano continúa en el interior del vehículo. No sale a comprobar qué sucede. Probablemente lo imagina. Tampoco después le menciona nada.

–Les llevaré yo la foto a los padres. O Vasil. No se preocupe –es lo único que comenta.

Ese día no se dicen nada más. Es la primera vez que se muestra vulnerable frente a él. Dolores conduce en silencio, con la garganta inflamada y la mirada fija en la carretera, tratando en todo momento de contener las lágrimas. Clemente respeta su silencio. Incluso su respiración agitada se aquieta. Ella lo siente a su lado, agradece su actitud, le reconforta su presencia. Pero necesita dejarlo en su casa y quedarse sola cuanto antes. Necesita explotar. Es lo que sucede en cuanto él se baja del coche y ella arranca de nuevo en dirección a casa. El llanto regresa con fuerza. No es solo el lamento por lo que acaba de ver. Las lágrimas parecen venir de otro lugar aún más profundo. El llanto contenido de los últimos años. Siente que todas las compuertas se han abierto y que su armadura ha saltado por los aires. Detrás de ella, el corazón en carne viva. Lo nota palpitante, con la superficie cubierta de arañazos. Casi puede percibir la sangre manando de las heridas.

Al llegar a casa, se sienta frente al ordenador y en el buscador de internet escribe «angelitos fotografía post mortem». No tiene muy claro por qué lo hace, pero le urge regresar a esas imágenes que, inmediatamente, se extienden por la pantalla. Como si los niños de las fotos la alejasen del cuerpo real que ha tenido frente a ella. Se fija en la escenografía, la profundidad de campo, el punto de fuga, el escorzo, el número de figuras, la composición... De algún modo, prestar atención a la forma logra rebajar la emoción, una especie de barrera que la protege de la realidad. Eso es lo que suponía. Pero poco a poco también algo comienza a removerse dentro de ella.

Lo que más la estremece es encontrar a esos niños desamparados, solos ante la mirada de la cámara. Muy pocas son las imágenes en las que el cuerpo diminuto aparece en brazos de la madre, o entre los padres, como si estuviera vivo o durmiendo. Son imágenes siniestras, pero a ella le tranquiliza la presencia de la madre ahí, acompañando al niño, sustentándolo, como si sus brazos sirvieran para consolarlo de su propia muerte.

Las madres, siempre ahí, sosteniendo al hijo. A veces incluso escondidas, invisibles. Esa tradición sí la conoce. Se la explicó Luis cuando comenzaron a hacer retratos de niños en el estudio. Reportajes de bebés. Las madres los calman. Tenían que situarse muchas veces detrás de la cámara, mirándolos, haciéndoles muecas para que sonrieran y mantuviesen la mirada. Antes de la fotografía instantánea, le contó Luis, era más difícil. Había que encontrar el modo de que los niños no se moviesen. Y ahí se inició la tradición: las madres ocultas o madres fantasma. Detrás de una cortina, de una silla, cubiertas incluso con una sábana o una alfombra, simulando ser un sillón o un diván, sosteniendo al niño, invisibles. Luis le mostró algunas de esas imágenes. Parecían espectros. Ella misma recordaba haber visto una foto de su madre niña en la que su abuela se ocultaba detrás de una silla de anea, con el rostro vuelto hacia atrás, tratando de escapar de la imagen, como si estuviera jugando al escondite o a algún juego sombrío.

Hoy se encuentra de nuevo con ellas. Teclea «madres ocultas» y las vuelve a ver desaparecer delante de sus ojos. Mujeres escondidas o que tratan de apartarse. Madres invisibles. Las observa camufladas en la escenografía y no puede evitar pensar que durante mucho tiempo también ella desapareció. Sosteniendo a Iván, sosteniendo a su padre, como si fuera su hijo. Fuera de foco, fuera de la imagen. Acompañando, custodiando, resistiendo. Sustentando a los demás y sin nadie que la sujetara a ella.

Cierra el ordenador y marca inmediatamente el número de Iván. Le pregunta cómo está y si necesita algo. También si vendrá el próximo fin de semana. Hace tres semanas que no lo ve.

–Me quedo aquí –contesta él–. Nos visitan unos amigos de Madrid y tenemos lío. ¿Te importa?

Por supuesto que le importa. Pero hoy se guarda las palabras. No le dice que lo necesita, que desea verlo, abrazarlo, sostenerlo. No le hace, como él insinúa, chantaje emocional. Hoy ha visto un futuro cortado. Iván tiene el suyo todo por delante. Debe vivirlo sin preocuparse por ella.

–Pásalo bien, hijo.

–Gracias, mamá.

IV. Fantasmagoría

1

Alfonso pasa a recogerla a primera hora de la tarde. Ella aguarda en la puerta del estudio, apoyada en el cristal del escaparate, inquieta y algo molesta por la visita que ha organizado.

El sol aún trae consigo algo de calor y, mientras espera, tiene que quitarse la chaqueta gris de lana que había decidido ponerse sobre la blusa estampada. Alfonso no se demora demasiado. A la hora acordada, un Mercedes negro que a Dolores le recuerda a los coches que en las películas trasladan al presidente, se para junto a ella y la invita a subir.

–No imaginas cuánto te agradezco esto –le dice en cuanto se acomoda en el asiento del copiloto.

–No es nada –contesta Dolores, que tarda aún varios segundos en encontrar el anclaje del cinturón de seguridad.

Nunca le han atraído los coches, pero no puede evitar fijarse en todos los detalles. La piel ocre de la tapicería, la textura amaderada del salpicadero, la gran pantalla de navegación del centro.

–Huele a nuevo –es el único cumplido que se le ocurre.

–Todavía no tiene un mes. Pero ya habla. Verás: Mer-

163

cedes –ordena, dirigiendo su mirada al panel del coche–, llévame a la casa de Clemente Artés.

–Ahora mismo, Alfonso –responde una voz femenina–. Iniciando ruta.

Dolores sonríe, pero no dice nada.

–Le he introducido la dirección que me diste en el navegador. No creas que es tan listo.

–Lo imaginaba, sí –concede. Aunque lo que imagina es a Alfonso programando el navegador durante varios minutos antes de salir solo para poder gastarle la broma o para impresionarla. No sabe si le hace gracia o le parece una fanfarronada. Lo único cierto es que le ahorra tener que indicarle el camino y estar atenta a la carretera. No le agrada ser copiloto de nadie.

Guiado por la voz cálida pero artificial del Mercedes, Alfonso arranca el coche y comenta:

–Llevo varios días sin quitarme de la cabeza lo que me contaste. Los inquietos. Me tiene fascinado esa historia. He hecho algunas averiguaciones.

Dolores lo mira sorprendido. Alfonso le cuenta que un antiguo compañero de la universidad, ahora profesor de fotografía en la Complutense, le ha explicado que, en efecto, hay varias referencias a historias similares en algunas fuentes del XIX, aunque también es probable que no sea más que un cuento. Sobre todo, porque no hay constancia fotográfica alguna que confirme esa práctica. Por eso le ha intrigado tanto la supuesta imagen del libro que Dolores mencionó.

–Podrías escanearla o hacerle una foto con el móvil y se la enviamos.

–No sé si Clemente estaría de acuerdo... –duda ella.

–Tampoco tiene por qué enterarse. Le diré a mi amigo que lo trate con discreción.

164

–De acuerdo –accede ella, cada vez más intrigada por el tema y al mismo tiempo más arrepentida de haberlo revelado. Por eso, cuando llegan frente a la vivienda y Alfonso aparca el coche, le insiste–: Por favor, no comentes nada de esto.

–No te preocupes. Soy una tumba –sonríe.

Las presentaciones son breves en la casa. Vasil les abre la puerta y los acompaña al salón, donde los espera Clemente, que se levanta con dificultad del sillón para saludarlos. Antes siquiera de que pueda volver a sentarse, Alfonso deja sobre el sofá la bolsa de papel con el logotipo del Archivo que lleva consigo e inicia la conversación:

–Ya me ha contado Dolores que tiene usted una gran colección. No sé cómo no le he conocido antes.

–Parece que a Dolores le gusta contar cosas –responde Clemente mirándola, y se deja caer de nuevo en el sillón. Ella finge como puede una sonrisa y de inmediato la culpa la muerde por dentro.

El anciano les ofrece un café y, mientras Vasil lo prepara, les muestra la habitación que hace las veces de pequeño museo.

–Es una colección modesta –dice nada más abrir la puerta.

Dolores percibe menos entusiasmo, pasión o sinceridad en sus palabras que el día en que se la mostró a ella. Advierte que el anciano pasa de largo sobre el armario que contiene las fotografías fallidas. También se ha percatado al entrar de que el gran daguerrotipo de su mujer y su hijo ya no está en el salón. Mira a Clemente de reojo. Él le devuelve la mirada callada. Intuye el secreto compartido. No tiene que decir más.

Alfonso no cesa de preguntar detalles. Datos técnicos. Número de fotos. Años. Formatos. Soporte. Procedencia.

—¿Está catalogada? —concluye el interrogatorio.

—Lo está en mi cabeza.

—Fascinante —exclama Alfonso. Dolores ya reconoce el latiguillo.

Después de examinar con detalle algunas piezas de la colección, vuelven al salón. El café que ha preparado Vasil se lo encuentran sobre la mesa baja de madera junto al sofá.

—Espero que no esté muy frío —comenta el anciano.

Él mismo es el primero en llevarse la taza a los labios. Dolores también lo saborea y comprueba que en efecto se ha enfriado.

Alfonso apenas le da un sorbo, deja la taza en la mesa y vuelve rápido a interpelar a Clemente:

—¿No ha considerado cederla? En el Archivo podríamos conservarla y catalogarla.

—*Pas du tout!* De ningún modo. Me gusta estar rodeado de mis fotos. Llevo toda la vida con ellas.

—No hace falta que sea ahora. Me refiero a que si no ha considerado qué hará con ella... —duda— al final.

—No sé si quiero pensar en eso.

Dolores escucha la conversación sin intervenir. Se desarrolla con cordialidad, es cierto, pero la incomodidad de la situación es evidente, y lo último que ella quiere es contrariar a Clemente.

—No tiene que responder ahora. Solo es una propuesta. Pero si en algún momento decide plantearse cederla o incluso catalogarla —insiste Alfonso—, el Archivo estará encantado de albergarla. Y yo aún más.

Clemente trata de acomodarse en el sillón, pero no parece encontrar la postura. Deja escapar un pequeño lamento de dolor. Su rostro revela fatiga. Dolores percibe claramente que ha llegado el momento de marcharse y es ella quien inicia la despedida.

–Creo que se ha hecho tarde ya –dice. Y, de modo instintivo, comienza a recoger las tazas de café y las lleva a la cocina.

Al volver, Alfonso continúa sentado. Antes de levantarse, toma la bolsa que había dejado en el sofá y saca de ella varias publicaciones del Archivo. Las pone sobre la mesa y las acerca a Clemente.

–Eso mismo podríamos hacer con su colección.

El anciano le agradece el gesto y, sin ojearlos, mueve los libros hacia una esquina de la mesa. Trata de levantarse, pero Dolores lo detiene con un gesto.

–No hace falta que nos acompañe.

Se despiden con un apretón de manos. Primero Alfonso y después Dolores. Clemente le sostiene unos segundos la mano y la mira fijamente a los ojos. Su mirada no se despega de ella hasta que deja atrás el salón e ingresa en el pasillo. Lo comprueba al girarse un segundo para decir adiós. No sabe cómo interpretar el gesto.

En el camino de vuelta, Alfonso insiste:

–¿Crees que se le puede convencer?

–No sé, de verdad –responde con desgana.

–Habrá que dejarlo pensar. Pero pronto hay que volver a la carga. Es una pena que esa colección se pierda.

Dolores resopla y mira un segundo por la ventanilla. Alfonso le pregunta qué música quiere escuchar y ella le responde que le da igual, lo que él proponga estará bien.

–Mercedes –le ordena al coche–, pon música de John Coltrane.

La textura aterciopelada del saxo y los acordes suaves del

piano inundan inmediatamente el vehículo, que parece flotar sobre la carretera. Por un momento, Dolores cree estar en un club de jazz y la incomodidad desaparece.

Al llegar a casa, Alfonso vuelve a darle las gracias por propiciar la visita. Toma su mano y se la lleva a la cara. Se demora un poco más que el día en que la invitó a cenar.

—Me tienes fascinado, Dolores —susurra. Y, de improviso, se aproxima hacia ella y besa sus labios.

Dolores le devuelve el beso de modo espontáneo. Después, echa su cuerpo hacia atrás y decide salir del coche.

—Gracias por todo —dice él.

—Buenas noches —responde ella, tratando de que no se le quiebre la voz.

Abre la puerta de casa agitada y se queda pensando en lo sucedido. Como una adolescente. No esperaba que algo así pudiera ocurrir. Le gustaría que la cosa quedara ahí. Pero no puede evitar la vibración del cuerpo.

No ha vuelto a sentir apenas nada tras la muerte de Luis. Igual que se cerró a las emociones, también clausuró su cuerpo. La armadura que protege su corazón es la misma que cubre su piel. En estos últimos diez años, nadie la ha tocado. Casi ni ella misma. Por eso se extraña esta noche cuando, al desvestirse, el tacto de la blusa de seda deslizándose le eriza la piel y el cuerpo reclama su lugar. Se deja llevar y se recuesta sobre la cama. Desliza su mano por el interior de las bragas y posa la mano sobre su sexo. No piensa en Alfonso, aunque su cuerpo le atrae. Es algo abstracto lo que ha despertado. Llega a un orgasmo extraño. Puramente físico, desprovisto de emociones.

Nunca ha sido una mujer fogosa. Eso es lo que piensa de sí misma. Al menos cuando se compara con las mujeres de las películas y las novelas. O incluso con Teresa. Nunca ha sentido ese deseo incontenible del que ella habla, esa pasión impetuosa a todas horas. Por supuesto, ha gozado con el sexo, pero no ha sido lo que ha gobernado su vida. Ni siquiera durante los primeros años con Luis. El suyo sí que era un deseo inagotable. Ella trataba de satisfacerlo tanto como podía, pero no siempre llegaba a ser placentero. Al menos, no en el sentido que debería haber sido. Porque ella necesitaba su tiempo. Y la presión, la imposición del deseo del otro, la cerraba. El deseo propio venía cuando quería, cuando menos se lo esperaba. Lo maldijo en más de una ocasión.

Un día sorprendió a Luis masturbándose en el dormitorio. Al principio, los dos se avergonzaron, pero después lo hablaron y lo naturalizaron. Llegaron incluso a establecer un pacto: si él sentía la necesidad y ella no, no le importaba que se desfogara en soledad. Ella nunca entraba en la habitación, como una madre que evita sorprender a su hijo adolescente. Decía que no le afectaba saber que su marido estaba masturbándose en la habitación de al lado, pero secretamente no podía evitar una cierta desazón, consciente de que el placer y ella no habitaban el mismo lugar.

Poco a poco los cuerpos se fueron alejando. El nacimiento de Iván y especialmente el traslado de su padre a la casa acabaron con lo poco que quedaba del ardor. A partir de ese momento, los encuentros fueron contados, aunque ella puede recordar alguno especialmente feliz, uno de esos días en los que la excitación llegó de repente y los cuerpos se sincronizaron. Así es como siempre ha funcionado su deseo, de modo caprichoso, cuando ella menos lo espera. Y muy pocas veces cuando lo busca.

Desde la muerte de Luis, apenas ha regresado. Entre otras cosas, porque algo también comenzó a cambiar ese día

169

en su cuerpo. Lo vivió como un episodio del mismo duelo. La mutación del organismo, las noches sin pegar ojo, los sofocos, las sábanas empapadas en sudor, pero sobre todo la sensación constante de que el cuerpo requería su atención, de que se convertía más en obstáculo que en herramienta. Aceptó esa transformación sin ningún trauma. La vivió como una especie de liberación. Algo de ella también terminaba ahí. O al menos eso es lo que creyó al principio, lo que había leído, lo que le habían contado. Pero su cuerpo nunca se terminó de apagar. Lo sentía incluso más que antes, como si las entrañas quisieran salir a la superficie. Lo notó especialmente en la piel, cada vez más fina y transparente, incluso más sensible ante cualquier roce. Así que en realidad fue la mente y no tanto el cuerpo la que terminó desterrando el deseo. Y desde entonces las veces en las que su piel se ha erizado –por el tacto de las sábanas, por una escena en una película o en una novela, incluso por el roce del viento– ella ha tratado de contenerla con todas sus fuerzas, como si la negación del placer también fuese una especie de luto.

Esta noche no lo ahoga, deja que el cuerpo busque su lugar y que regrese lo que tantos años ha estado apagado. Al terminar, sin embargo, se siente culpable, como cuando acariciaba su sexo en la adolescencia. Aunque es otra culpabilidad la que llega ahora. La de la ruptura de un pacto invisible con la memoria. Un cuerpo voluntariamente sometido que ha sido liberado.

La sensación dura apenas unos segundos. Después, se queda dormida. Sueña que unas manos la agarran en la cama y la empujan hacia el interior del colchón. Se despierta sobresaltada y le cuesta trabajo volver a conciliar el sueño. El vacío apostado a los pies de la cama es hoy denso y amenazante. Casi puede entrever la silueta recortada en la oscuridad.

2

¿Cómo es posible que algo tan insignificante como un beso la haya removido? No se quita a Alfonso de la cabeza. O, más bien, no se saca de dentro esa sensación, la de sentirse deseada, vista, viva. La puede distinguir mientras se mira al espejo al levantarse y vislumbra a la mujer debajo de esa coraza. No ha desaparecido, continúa allí. Como también continúa todo aquello que la mantiene anclada al pasado, el regusto extraño de la culpa, el vacío que la engulle, la oscuridad que se abalanza sobre ella y no cesa de reverberar sobre todo lo demás.

Esa misma tensión entre dos mundos que luchan por acontecer es la que la invade esta mañana en su paseo por el pueblo. Ella siempre ha creído que allí conviven dos realidades. Desde su infancia. Es una imagen recurrente: los dos pueblos que siempre han coexistido en el mismo lugar, el de invierno y el de verano. El pueblo real y el pueblo de ficción. Dos espacios superpuestos. Los negocios cerrados durante el invierno, las heladerías, los bares del bulevar, las tiendas de la playa..., el pueblo que aguarda a que llegue el calor. El pueblo que hiberna y que solo los vecinos saben identificar. Lo que permanece cerrado pero a la espera, las

171

casas vacías y las persianas bajadas, y lo que de verdad se ha clausurado para siempre.

Esos dos espacios superpuestos han quedado ahora entrelazados por los restos de la inundación. Ha pasado ya más de un mes, pero los vestigios siguen presentes. Los restos del agua, el fango, las puertas cerradas, los tabiques de ladrillo levantados, como si estuviesen esperando algo que ya no es el verano, como si temiesen otra inundación.

No hay ya distancia, piensa, entre esos dos pueblos, la catástrofe los ha conectado y ha proyectado sobre ambos una especie de fantasmagoría. La advierte con una intensidad inusitada al caminar por el paseo marítimo. Es el paseo en otoño, solitario a estas horas de la mañana, frío, el paseo que a ella le gusta, sin veraneantes, suyo, con el mar en calma y la brisa helada acariciando su piel. Pero ese espacio solitario no es hoy un espacio en espera, sino que allí está también la memoria del desastre, los restos de la inundación, pero sobre todo la amenaza de la incertidumbre. Una latencia invisible que esta mañana, más que ningún día, reconoce como propia.

De repente siente la necesidad de fotografiar ese pasado presente. Y considera que quizá el daguerrotipo podría captar mejor que cualquier otro medio esos tiempos en conflicto que todo lo ralentizan, esa sensación extraña de que pasear por el pueblo sea también un modo de arrastrar la historia. La memoria de la destrucción, enmarañando el tiempo.

Es lo que le propone a Clemente cuando lo visita al día siguiente. También le sugiere que la acompañe. Aunque le gusta el instante de soledad y concentración que tiene lugar justo antes de la fotografía, el ensimismamiento absoluto y esa singular dilatación del tiempo que se produce al mirar por el visor de la cámara, no está segura aún de dominar la técnica y es posible que sin la ayuda del anciano todo se vaya al traste.

—Si aguanta mi cuerpo... –le contesta él–. Cada día estoy peor. Pero cuente conmigo.

Dolores lo nota contenido en todo momento, distante y seco. Supone lo que sucede, pero no sabe cómo sacar el tema. Es él quien acaba dejándolo salir:

—Ese amigo suyo... –comienza a decir.

—Siento si lo incomodó –le interrumpe ella.

—Ha escrito el prólogo de todos los libros. ¿Es que no hay nadie más en Murcia que sepa escribir?

Dolores lo mira sin saber muy bien qué responder.

—Qué pretencioso y qué orgulloso –continúa él. Se pone de pie repentinamente y señala las fotos del salón–: ¿Por qué va a quedarse con esto?

—Era solo una propuesta –trata de calmarlo.

Clemente tose y se sienta de golpe en el sillón, como si se cayera.

—¿Ve usted? El cuerpo resiste poco. Y ese pájaro de mal agüero parece que viene a rondarme. Me ha dado la semana.

Nunca lo había visto así. Aprecia en sus palabras algo parecido al resentimiento. Y ella no distingue si se trata solo del disgusto por la propuesta de Alfonso o hay algo más. No cree que pueda sentirse celoso, aunque en ese momento tampoco lo descarta.

—No sé por qué tenía que decirle usted nada.

—Lo siento, de verdad.

—A ver ahora cómo nos lo quitamos de encima.

—No se preocupe –trata de tranquilizarlo–. Le diré que lo ha considerado y que de momento su respuesta es no.

—No «de momento» –enfatiza la pronunciación–. *Jamais!*

–La intención era buena –comenta Dolores algo incómoda también.

–Las fotos me hacen compañía. Aunque no las vea. Me siento seguro sabiendo que están aquí. Forman parte de mí. Además, no está acabada la colección, ¿no? Seguimos haciendo fotos. Ahora, usted la continuará.

Las últimas palabras las pronuncia en un tono diferente. También relaja la posición del cuerpo y el gesto, como si el enfado hubiera desaparecido de repente.

Después, le comenta que él preparará el material y colocará las placas en sus chasis para el día que acuerden. Así podrán salir a fotografiar el pueblo cuando ella quiera. Él tiene todo el tiempo del mundo.

–Le pagaré las placas –dice Dolores.

–Considérelas una cesión de parte de la colección –ironiza él.

3

El día que toman los daguerrotipos del pueblo salen temprano. Aprovechar la luz es la clave. Por eso también han esperado a un buen día como este. Es un otoño insólito. La lluvia no da tregua. Parece que nunca fuese a dejar de caer agua del cielo. Hoy, al menos, ha amanecido sin una sola nube.

Dolores conduce su coche por las calles del pueblo. Clemente solo ha visto los estragos de la inundación en las noticias de la tele.

–Parece que hubiera habido una guerra aquí.

–Esto no es nada –le dice al pasar por la plaza de la iglesia, con los adoquines aún levantados y las aceras destrozadas–. Era el escenario de un bombardeo.

Ha preparado cuatro placas. Los cuatro chasis de los que dispone. Dolores ya tiene todas las imágenes en la cabeza: la rambla que se desbordó, con los restos del fango y las cañas arrastradas aún sin limpiar; la calle adoquinada de los comercios turísticos, con todo cerrado como si fuera un territorio abandonado; y, por supuesto, el mar, dos tomas, el puerto deportivo y la playa.

Le gusta cómo la mira el anciano, cómo la deja hacer y

apenas sugiere algunas precisiones antes de que se equivoque. Es una virtud, saber instruir sin situarse en ningún momento por encima de quien recibe la enseñanza.

–El mar siempre fue un objeto fotográfico difícil –comenta él cuando aparcan cerca del paseo marítimo–. No cesa de moverse.

–Este no se mueve. También en eso parece un difunto. Y no... –duda si decirlo– un inquieto.

Conforme lo dice, se arrepiente. Imagina lo que pensaría Clemente si se enterase de que ha revelado esa historia a Alfonso, o que incluso ha escaneado la fotografía del libro y se la ha enviado por email.

Clemente la mira y no dice nada. Mejor así, piensa mientras prepara la cámara de fuelle y la sujeta al trípode de metal. En la mochila transporta las placas ya preparadas en sus correspondientes chasis. Ella puede con todo y no quiere que el anciano, que hoy se apoya en una muleta para caminar más seguro, la ayude a cargar nada.

Aunque le hace saber que está fatigado, Clemente pretende acercarse a ver el mar y pisar la arena de la playa. Dolores comprueba que no hay nadie cerca y deja la cámara y el material sobre uno de los bancos del paseo. Toma del brazo a Clemente y lo ayuda a descender por la pequeña escalinata hasta la arena. Al llegar abajo, ella se frena, pero él le sugiere que caminen un poco más en dirección al mar. La arena dificulta sus pasos y, a medio camino, Clemente considera que es suficiente. Se quedan allí de pie unos instantes, hasta que él rompe el silencio:

–Ya está. Con esto me basta.

Dolores comprueba de reojo su gesto de satisfacción. Dan media vuelta y regresan con lentitud hasta la escalinata. Subir le cuesta más que bajar y, cuando alcanzan por fin el paseo, Clemente se sienta en el banco en el que habían

176

dejado el material y deja escapar un quejido prolongado. Ella saca una botella de agua de la mochila y se la ofrece. Él bebe a pequeños sorbos y durante unos segundos trata de respirar con la boca abierta. Después, golpea el suelo con sus pies para sacudirse la arena de los zapatos y resopla:

—Vaya maratón —balbucea—, pero no se quede usted ahí. Tiene una foto pendiente.

—¿Seguro que está bien aquí?

—Nunca he estado mejor.

Ella toma entonces la cámara, el trípode y la mochila y baja de nuevo a la playa sin dejar de pensar un momento en Clemente. En su respiración ronca, pero también en su extraña satisfacción. Por un momento, se le cruza por la cabeza la idea de que hay algo de despedida en ese empeño en pisar la arena y acercarse al mar.

Con esa intuición en mente, Dolores sitúa la cámara cerca de la orilla, se quita los zapatos y se aproxima al agua. Ya no están los peces muertos allí. El mar parece haber vuelto a la normalidad. Pero en cuanto sumerge un instante los pies en el agua todo se ennegrece. Lo había leído también en la prensa, pero aún no había tenido la oportunidad de comprobarlo. El fango y las algas muertas. El mar podrido. La normalidad es solo una imagen, una ilusión. La ruina continúa ahí, silenciosa, agazapada bajo la superficie quieta.

Por un momento, también su memoria se revuelve. El mar cristalino de su infancia, convertido ahora en una ciénaga. Incluso el olor es desagradable. Un cadáver en descomposición.

Dolores pretende captar ese aspecto sombrío y espectral, la presencia acechante de la muerte. Y, sin saber muy bien cómo, algo de eso acaba apareciendo en el daguerrotipo. Lo comprueba más tarde, cuando revelan la placa en casa de Clemente. De todas las imágenes, esa es la que de modo más palpable muestra la fantasmagoría. Todo parece fuera de tiempo. Pero especialmente el mar, como si la imagen desvelase algo que no es perceptible por el ojo humano. Un viento lúgubre venido del futuro. Lo invisible. Eso cuya existencia ella siempre ha rebatido.

Hay algo en esa quietud, en ese mar calmado, que palpita de modo siniestro. Tal vez sea solo su mirada, que confiere significado e historia a lo que ve. Pero también Clemente lo percibe con claridad:

–¡Qué desolación!

Esa es la palabra, piensa Dolores. Desolación. El anciano la pronuncia jadeante y casi sin fuerzas.

–¿Está usted bien? –le vuelve a preguntar.

–Un poco cansado y mareado, pero satisfecho.

Dolores lo acompaña al interior de la casa. Siente el peso de su cuerpo, la presión de sus dedos en el brazo. Lo nota caer a plomo sobre el sillón del salón.

Afortunadamente, hoy Vasil está en casa. Él le acerca un vaso de agua y le coloca el tensiómetro en la muñeca. 18 y 11, algo alta. También saca de una caja un pequeño artilugio para medir el oxígeno en sangre y se lo pone en el dedo índice.

–Tenemos aquí de todo –bromea Clemente, que nunca acaba de perder la sonrisa.

–Ochenta y seis por ciento –dice Vasil–. Demasiado bajo.

–No pasa nada –replica el anciano–. Ya subirá.

–Vamos a llamar a urgencias –asegura ella.

Clemente lo rebate. Pero ella no vacila un instante. Llama por teléfono y explica la situación.

–La ambulancia está en camino –comenta al colgar.

Dolores no se va de allí hasta que llega la asistencia. No es grave, dice el médico, después de ponerle un Orfidal bajo la lengua. Los niveles de oxígeno en la sangre son bajos. Hay que revisar la tensión y tiene que ir a su médico de cabecera. No debe hacer esfuerzos.

—Puede marcharse, de verdad —le insiste el anciano a
Dolores cuando se quedan solos—, Vasil se queda conmigo.
Ya estoy bien.

—¿Seguro?

—Seguro.

Ella duda, pero acaba haciéndole caso. En su cabeza se
ha instalado la responsabilidad. Ha sido ella quien lo ha
llevado al pueblo. Es culpa suya que se haya fatigado así.

Se despide de él y, en la puerta, antes de partir, habla con
Vasil:

—No puede estar solo —dice.

—Quedo yo con el señor.

—Me refiero... —duda— a su hijo. Debería saber cómo
está su padre.

—Él no quiere que familia sepa nada. Familia tampoco.
Como si no existe.

Dolores le pregunta entonces si conoce algún modo de
contactar con el hijo, aunque él no quiera. Un teléfono,
algo. Vasil niega con la cabeza.

—Es necesario —recalca Dolores. Y lo anima a rebuscar
en la casa. Seguro que puede encontrar algo.

Vasil la mira contrariado, como si, de repente, hubiera
caído también sobre él una responsabilidad inesperada.

Al día siguiente, Vasil la telefonea a media mañana. No
ha encontrado el número del hijo, pero sí una dirección
postal. Dolores le agradece el gesto y la celeridad. De inmediato, piensa en escribirle una carta para explicarle la situación. Pero también trata de buscar otro modo más inmediato. Llama a Iván y le pregunta si con esa dirección es

posible localizar un número de teléfono o algún contacto directo.

—No encuentro su dirección de email o su teléfono —le dice poco más tarde, cuando le devuelve la llamada—, pero he buceado en Facebook y me he topado con un Eric Artés que parece vivir en un pueblecito cerca de Marsella. No creo que haya muchos allí.

Iván le envía el enlace a su móvil. Ella lo cliquea y de repente se abre la página en la aplicación de Facebook. Eric Artés. La foto del perfil no le dice nada. Apenas puede distinguir una figura en el paisaje de fondo. Intenta buscar más imágenes, pero tarda un tiempo en recordar cómo hacerlo. Iván le abrió la cuenta para el estudio fotográfico y le instaló en el móvil la aplicación, pero la tiene abandonada y casi ha olvidado cómo funciona. Solo después de un buen rato encuentra la pestaña de fotos y la pulsa.

Pasa varios minutos examinando las imágenes de libre acceso. En algunas de ellas sí que aparece su rostro. Debe de tener más o menos su misma edad. Se parece al anciano. Los mismos ojos achinados. También la barba canosa y el porte elegante, incluso en las fotos más informales en las que aparece de viaje con la familia. La mujer y dos hijas, como le había comentado Clemente. Sin duda, tiene que ser él.

Dolores se demora en cada una de las fotos. La mujer, piensa, tiene cara de francesa. El rostro duro y afilado. Le recuerda a alguna actriz famosa. Isabelle Huppert, tal vez. Las hijas, ya adolescentes, también parecen sacadas de una película. En todas las fotos aparecen sonriendo, con la pose bien estudiada.

Mientras explora las imágenes, Dolores se descubre a sí misma como una intrusa. Observa un mundo que no le corresponde mirar. Es testigo de una vida perfecta en la que el universo de Clemente no parece tener cabida. Por eso precisamente duda de si escribir un mensaje e interrumpir esa vida feliz. Se acuesta sin hacerlo y no puede parar de darle vueltas a la cabeza. A medianoche, se despierta y vuelve a encender el móvil. La luz de la pantalla la deslumbra. Con los ojos entreabiertos accede a la aplicación de Facebook y busca de nuevo el perfil de Eric. Escribe un mensaje conciso:

«Estimado Eric, espero que no le importune mi mensaje. Me gustaría hablar con usted sobre la salud de su padre. Es importante. Un saludo.»

4

No hay nadie con ellos en la sala refrigerada del tanatorio. La familia ha preferido esperar fuera. Alfonso sostiene
un reflector. Dolores le pide que lo mueva un poco más
cerca del rostro del difunto.

Ella se fija en su mirada de curiosidad. No aparta los
ojos de la cara amoratada del cadáver. El tono de los aho-
gados es particular, le advirtió Clemente por teléfono. Ni
siquiera el maquillaje puede eliminar la hinchazón del cuerpo y los reflejos púrpuras de la piel. También a ella le llama
la atención, pero trata de disimularlo y centrarse en la fotografía. Debería haber venido sola. Se sentiría más cómoda.

Anoche, cuando Clemente la telefoneó para decirle que
se encontraba mal y le rogó que realizase ella este servicio,
creyó que sería buena idea venir acompañada de alguien y
pensó en Alfonso. Pero esta mañana se ha convencido de
que hay momentos en los que lo mejor es estar sola. No se
trata de la falta de respeto; Alfonso ha sido cuidadoso. Es la
mirada, algo intangible pero que ella parece vislumbrar.
Ahora entiende lo que quería decir el anciano. No es solo
la manera de enfocar y encuadrar, de situar la cámara, sino
también el modo de mirar, la expresión del rostro, lo que se

desprende del ver. El afecto o el morbo. Y esto último es lo que cree identificar en la mirada de Alfonso, la observación indiscreta.

Recuerda su primera vez. Incluso todas las demás. Ha intentado siempre no mirar de frente, entender al difunto no como un objeto inerte, sino como un sujeto que podría abrir los ojos en cualquier momento y devolver la mirada. El cuerpo, piensa, no es solo lo que ves, sino también lo que puede mirarte.

Aunque no pretende permanecer demasiado tiempo allí, Dolores se demora lo necesario para hacer la fotografía. No puede permitirse que nada salga mal. Así que vence la incomodidad, trata de centrarse en su mirada y continúa el ritual. El tiempo detenido, el cuidado y la atención a todos los detalles. Es la última imagen. Merece todo el esmero del mundo. Nada es más importante que lo que está sucediendo aquí y ahora.

A la salida, prefiere no comentarle nada a Alfonso. Él, sin embargo, no aguanta a llegar al coche para mostrar su entusiasmo:

−¡Fascinante! ¡Qué aplomo, Dolores!

−Es respeto.

−Supongo que a todo se acostumbra uno.

−Espero no acostumbrarme nunca a esto.

Ella abre el maletero del Corsa y Alfonso la ayuda a colocar todo el material en el interior. Le agradece el esfuerzo y el madrugón.

−Voy a pedirle a la jefa de cultura de *La Verdad* que te haga una entrevista −le dice de pronto−. Es amiga. Esto hay que contarlo.

−No sé... −duda Dolores.

–Yo se lo comento. Y tú ya decides.

–No creo que sea buena idea.

–Ya verás como sí.

Dolores menea la cabeza y tuerce el gesto. Cómo lo tomará Clemente. Alfonso insiste:

–Hazme caso. Y una última cosa: me ha llamado mi amigo de Madrid. La foto del supuesto inquieto. Dice que es excepcional. Y que, de ser auténtica, sería un verdadero hallazgo. Pero también podría ser simplemente una foto movida o una doble exposición. Necesitamos averiguar más datos. Dónde la adquirió, qué ha pasado exactamente con ella...

–Me dijo que se extravió.

–Algo más podríamos saber, ¿no? A ese hombre le has caído en gracia.

–No creo que sea el mejor momento. Está enfermo.

–Es importante. Aprovecha antes de que se nos muera.

Dolores se lo queda mirando fijamente sin decir nada. Él mismo parece caer en la cuenta de lo fuera de lugar que está lo que acaba de decir y cambia de tono. Se acerca a ella y pone las manos sobre sus hombros:

–Ya encontrarás el momento adecuado para preguntarle.

Después, se despide con un abrazo impetuoso que dura varios segundos. Esta vez no la besa. Pero ella siente el roce de su pecho y se estremece. La excitación llega de golpe y no la puede evitar. A pesar de todo. Un despertar del cuerpo. La afirmación de la vida en los alrededores de la muerte.

El rostro de Clemente se ha transformado. Repantigado en el sillón, con las gafas nasales de oxígeno, parece haber envejecido de repente varios años. El ruido molesto de la máquina también ha alterado el ambiente sereno de la casa.

–Estoy bien. Me faltaban ahora estas gafas de buzo –dice tocando los delgados tubos de plástico que se encajan en los orificios de su nariz.

Debe llevarlos puestos varias horas al día. Y durante toda la noche. Vasil le muestra los papeles del médico, como si ella fuera su hija.

–Ahora ya no puede quedar solo –comenta él.

Y le cuenta que Clemente ha tenido que contratar a alguien más para las noches. Pensaron primero en su mujer, pero ahora ella trabaja en un supermercado y no puede dejarlo todo. Él tampoco podía pasar todas las noches allí. Alguna sí, pero no todas. Como mucho ampliar el turno. Así que finalmente una compañera de su mujer que estaba sin trabajo ha comenzado a venir de nueve de la noche a nueve de la mañana.

Mientras Vasil habla, Dolores está tentada de proponerse ella misma para ayudar. Alguna noche, si hace falta, podría quedarse. Si fuera necesario, lo haría, por supuesto. Podría ofrecerse. Está a punto de decirlo. Pero en el último momento se frena.

—¿Y no ha pensado usted en irse a una residencia? —acaba preguntando a Clemente.

—No quiero moverme de aquí. Quiero estar en mi casa hasta el final. Es mi retiro. Pero dejemos ya de hablar de esto, que he tenido bastante todo el día. ¡Enséñeme las pruebas!

Dolores saca la carpeta con las pruebas de las fotos del último encargo y se las muestra al anciano. No le cuenta que se hizo acompañar de Alfonso. Él las mira con atención durante unos instantes. Asiente varias veces con la cabeza y frunce los labios. El gesto parece más solemne con los pequeños tubos de plástico en mitad de la cara.

—No le hago ya falta para nada.

—No diga eso.

—He conseguido una discípula —dice mirando a Vasil. Dolores comprueba cómo los ojos de Clemente se humedecen.

Continúa mirando las fotografías con detenimiento.

—Cada vez me alegro más de haberla llamado aquel día. Incluso creo que me alegro de la caída. Aunque acabe costándome la vida.

—No diga usted eso —repite Dolores.

—Me queda poco —dice.

Dolores advierte que el anciano está especialmente sensible hoy. Aun así, con todo el cuidado del mundo, menciona a su hijo. No le dice que le ha escrito, pero sí que debería llamarlo, hablar con él, que sepa cómo está, que venga o que al menos esté informado de la situación.

—Hay familias que no se entienden —alega él—. Ya está.

Dolores no se quita de la cabeza las fotos que ha visto

en Facebook. La vida aparentemente feliz del hijo, la nuera, las nietas ya crecidas...

—¿No lo echa usted de menos? ¿Cuánto tiempo hace que no ve a sus nietas? ¿No le gustaría abrazarlas?

—Es demasiado tarde, Dolores. No siga por ahí.

Ella enmudece y no insiste más.

Tampoco cree que ahora sea el mejor momento para preguntarle por la fotografía del libro. En realidad, no le intriga tantísimo el misterio. Lo ha pensado estos días: tendría que haberse callado y no haber contado nada. Ni de los inquietos, ni de la foto, ni de la colección. Nada de nada. En ocasiones es imprudente y descuidada. Es paradójico, piensa, se le escapan los secretos ajenos y guarda con celo los propios. Hay cosas que no sabe callar y otras que jamás podría contar.

Así que hoy no preguntará a Clemente por la fotografía. En su estado no necesita más preocupaciones. Lo único que precisaría ahora es tener a su familia cerca de él. Su hijo, sus nietas. Nada más.

Con ese convencimiento se marcha de allí. Antes de arrancar el coche, abre instintivamente en el móvil la aplicación de Facebook y regresa al mensaje que envió a Eric. Continúa en el mismo estado, sin leer, varado en medio de la nada.

6

La primera que la telefonea es Teresa.

–Ya eres famosa. Qué bien sales en la foto. Pareces una modelo.

–No me cuentes nada más –contesta Dolores–. Voy ya mismo a comprar el periódico.

Y eso es lo que hace sin demora en cuanto cuelga. Se viste con rapidez y se acerca caminando al quiosco del pueblo. Han anunciado lluvia, pero el sol está en todo lo alto y no parece que vaya a caer una gota. Así que, nada más comprar el diario, decide sentarse a tomar un café en la terraza de la confitería del parque y leer ahí la entrevista. Todavía quedan vestigios de la inundación. Ladrillos caídos en las esquinas, árboles abatidos y doblados, restos de fango e incluso charcos que parecen no disiparse jamás.

Pide un café con leche y un cruasán y comienza a ojear el periódico con lentitud. Se detiene en todas las noticias que preceden a la sección de cultura, como si quisiera posponer lo inevitable, ralentizarlo, prorrogarlo.

«La muerte no me asusta. Dolores Ayala, fotógrafa de difuntos.» El titular, a doble página, y su foto, en penumbra, con una cámara colgada al cuello, apoyada en el mostrador del estudio.

Acompañan al reportaje dos fotografías mortuorias del siglo XIX. Un difunto recostado en un sofá y una mujer con su niño fallecido en brazos. La periodista ha elegido las más tétricas para ilustrar «la macabra costumbre de retratar a los muertos».

Da igual lo que digas, te llevan a su terreno. Se lo comentó Teresa, que por su trabajo en la Comunidad tiene más experiencia que ella en lidiar con la prensa. Pero Dolores estaba convencida de poder llevar a la periodista al terreno justo. Quería evitar el sensacionalismo. Eso es lo que ha aprendido durante estos meses, a naturalizarlo todo. ¿Qué hay más inevitable y habitual que la muerte? Lo anómalo y lo terrorífico es tratar de quitarla de en medio, ocultarla y hacer como si no existiera. La fotografía mortuoria constata la única certidumbre que tiene el ser humano: su caducidad. Es una memoria del último momento, un intento de apresar la imagen del cuerpo antes de que desaparezca. Lo único que convierte ese acto de amor en una costumbre morbosa es la mirada actual.

Eso es lo que trató de explicarle a la periodista que la visitó en su estudio mientras charlaban amigablemente con un café en la mano. También accedió a enseñarle los contactos y las pruebas de algunas de las fotos que tomó con Clemente. Por fortuna, se negó a enviarle una copia por correo. Son documentos privados, alegó.

Quedó contenta con la conversación. E incluso sintió durante todo el día una especie de euforia extraña. Era la primera vez que le hacían una entrevista. Aunque ella siempre ha preferido el anonimato, le produjo una secreta satisfacción. Recordó las entrevistas a Luis a raíz de las exposiciones de sus trabajos sobre el pueblo. Él no era un artista, lo dejaba claro en sus intervenciones, pero no le disgustaba rodearse de un aura de misterio cuando posaba, vestido de negro, con la cámara al cuello y la mirada perdida en el horizonte. Dejaba caer siempre una afirmación grave, una sentencia sobre la vida y la fotografía que el periódico acababa destacando. A ella nunca le importó no aparecer en la imagen o en el texto, ni siquiera cuando los trabajos habían sido realizados entre los dos. En realidad, era su ayudante. Así se veía ella. Y, sobre todo, prefería ese segundo plano. Se encontraba mucho más cómoda ahí.

Ahora, ella es la protagonista. Pero cuando llega a las páginas de cultura y comprueba en lo que se ha convertido la entrevista, lo que debería haber sido orgullo se convierte en decepción.

Paga el desayuno y regresa a casa con el periódico doblado debajo del brazo. En el camino de vuelta, se preocupa por cómo se lo tomará Clemente. En realidad es lo primero que se le ha venido a la cabeza en cuanto ha abierto el periódico. Menos mal que al final se negó a dar su nombre. «El anciano misterioso» que regresó de Francia para fotografiar a los muertos. Ojalá no llegue a enterarse, dice para sí. Aunque eso parece difícil. Y cuando identifica su número en la pantalla del teléfono, se teme lo peor.

–La ha visto ya, ¿verdad? –le pregunta antes siquiera de saludar.

–Sí. Es usted muy fotogénica. Más que los muertos.

Dolores le hace saber lo disgustada que está con lo sucedido y le explica que intentó dar una versión menos lúgubre de la tradición.

–No se preocupe. La prensa se lo lleva todo a su terreno.

–La misma frase que le ha dicho Teresa.

–Espero que no afecte a nuestros posibles clientes.

–Nadie lee nada –la consuela el anciano–. Y las cosas se

olvidan enseguida. Así que no tiene razones para estar apesadumbrada. Además, sale muy guapa en la foto. Imagine que me la hacen a mí. Eso sí que sería lúgubre.

–¡Cómo es usted!

Dolores agradece las palabras de ánimo y le pregunta también cómo sigue.

–Bien, bien –responde–, aunque no me acostumbro al oxígeno. Y las pastillas que me han mandado me dejan sin fuerzas. Pero ahora que soy «el anciano misterioso», ya me puedo morir tranquilo.

–Iré a verle pronto.

–Disfrute de la fama. Es usted una digna heredera de la tradición.

7

Alfonso tarda algo más en llamarla, pero también lo hace a lo largo de la mañana. Para él todo está bien en la entrevista. No entiende el enfado de Dolores. Su amiga es una gran periodista y ha captado la esencia de la entrevistada.

–La cena de esta noche la pago yo –dice–. Por daños y perjuicios.

No recordaba que había quedado a cenar para ese mismo día; Alfonso insistió y ella acabó accediendo.

–Se me han ido un poco las ganas.

–Nos han reservado el mejor sitio –insiste–. Si el problema es volverte después sola en coche, puedes quedarte en mi casa. En la habitación de invitados, claro.

Antes de salir hacia la capital, Dolores se mira al espejo. No pretende que esta noche ocurra nada –en realidad no sabe si quiere que suceda alguna noche, al menos con Alfonso–, pero es consciente de que la posibilidad existe. Mientras se depila las axilas en el baño, la posee una emoción contradictoria, como si el cuerpo y la mente estuvieran desconectados, pero al revés de lo que otras veces le sucedía con Luis, cuando la mente quería y el cuerpo no respondía –o cuando la mente quería querer, aunque en el fondo, muy adentro, en realidad no quisiera–. Esta tarde es diferente, el cuerpo siente un ligero cosquilleo. Lo percibe claramente mientras se embadurna la piel con crema hidratante y observa su figura en el espejo.

No le disgusta lo que ve. Está contenta con su cuerpo amplio y rotundo. Una valquiria, bromeaba Luis. «Es lo que me ha tocado», le respondía cuando él se quedaba embelesado mirando sus pechos firmes y redondos y le decía que parecían los de una escultura griega. Ya no son tan marmóreos y curvos, pero le siguen pareciendo hermosos. Al fin y al cabo, continúa siendo su cuerpo.

Envejecer no es lo que más le preocupa. Nunca lo ha hecho. Al menos la vejez exterior. Las arrugas, la flacidez, las estrías, las manchas del rostro y las manos..., la degeneración de la piel. Lleva tiempo sin fijarse. Le preocupa mucho más aquello que no se ve, el declive del cuerpo invisible, el que engendra dolor y termina por detenerse.

Hoy se mira un poco más. Pero tampoco demasiado, como si en el fondo no pretendiera despertar la belleza y prefiriese permanecer oculta, escondida, fuera de la luz. De niña le daban vergüenza los piropos. Y nunca ha sabido cómo actuar cuando alguien, como Clemente esta mañana al referirse a la foto del periódico, ensalza sus virtudes. Por eso siempre ha evitado resaltar en exceso sus formas y ha descartado de su vestuario los escotes prominentes o los vestidos ceñidos. También hoy se decanta por el traje amplio y oscuro, una especie de camuflaje, una armadura para evitar convertirse en receptáculo de las miradas. Lo piensa durante unos segundos. Se trata, en realidad, de una manera de desaparecer, como las madres ocultas de las fotografías. Es discreción, se ha dicho muchas veces, pero sospecha que en el fondo es también algo de miedo, temor a aparecer en el campo de visión de los otros, a ser un cuerpo expuesto y vulnerable. Lo presiente. Y no quisiera que fuese así. Pero ya es tarde para remediarlo. A pesar de todo, hoy trata de vencer el miedo y la desaparición. Y antes de salir del dormitorio, se ajusta de modo instintivo el cinturón del vestido negro. Es poco, apenas un gesto para realzar su busto y marcar sus caderas, pero, de repente, su cuerpo poderoso reaparece frente al espejo.

De camino a la ciudad, mientras caen las primeras gotas de lluvia sobre el parabrisas, no deja de pensar en lo que está haciendo.

—Date una alegría, chica —le insistió ayer Teresa—. El cuerpo se te muere. No lo asfixies. Y si no te gusta, te vuelves a casa y ya está.

El cuerpo se te muere, no lo asfixies. Es lo que va a intentar hacer esta noche: dejarlo respirar. Respirar todo lo que pueda. Porque es consciente de que dentro de ella existe un espacio al que no logra acceder el aire, una cavidad que se resiste a ser ocupada, por mucho que trate de llenar los pulmones.

Hoy inspira con fuerza para tratar de vencer esa barrera invisible. Y aunque no logra derribarla, siente que algo se desplaza. Ha ganado terreno en su interior. Lo suficiente para ponerlo todo a un lado y centrarse en el presente. Un sábado, un buen restaurante, un hombre atento, un regreso a la vida.

El vino ayuda bastante. Lo comprueba al poco de comenzar la cena.

—¡Por la fotógrafa de moda! —Alfonso levanta su copa.

Dolores percibe su euforia. Desde el principio, él trata

de excusar a su amiga periodista y argumenta que es normal que en las entrevistas uno pueda sentirse traicionado:

–No imaginas las veces que me ha pasado eso a mí. Siempre hay un abismo entre lo que dices y lo que aparece al final. Pero ese abismo solo lo conoces tú. Así que tienes que estar contenta. Lo único que me apena es que no hayan aparecido tus fotografías. Aún sueño con esa mañana en que te acompañé.

–No creo que a los familiares les gustase ver a sus difuntos expuestos así.

–Claro, lo entiendo –rectifica Alfonso–. Habrá que esperar años. Cuando ya nadie los recuerde. O cuando tus fotos vayan a parar al Archivo.

Dolores sonríe.

–Por cierto, ¿cómo está nuestro maestro fotógrafo? ¿Se ha recuperado?

–Sigue delicado.

–¿Sabemos algo de la foto... inquieta?

–No recuerda nada más –miente–. Se extravió, parece ser.

–Qué decepción se va a llevar...

–Puedes decirle a tu amigo que agradezco el interés y la ayuda –interrumpe ella–, pero, de verdad, no es necesario que siga. Están bien así las cosas.

–Y supongo que tampoco te habrá dicho nada de la colección, ¿no es cierto?

Ella niega con la cabeza y toma un poco más de vino.

–Hay que convencerlo como sea. Es importante poder cerrar algo antes de fin de año. Tengo a mi consejera un poco ansiosa estos meses. Sería un espaldarazo para el Archivo. Me vale un compromiso, aunque sea. –Alfonso la mira serio y añade–: Dolores, por favor, intenta que entre en razón. Inténtalo.

–Creo que ahora no es buen momento para él.

–¿Otra vez? A ver si vamos a tener que preguntárselo mientras le hacemos la foto en el ataúd.

–No digas eso.

–Es broma, mujer.

Dolores frunce los labios y arruga el rostro. No le hace gracia la conversación, ni el comentario, ni sobre todo la presión que Alfonso traslada sobre ella. Se ve desde fuera. Es su mueca de incomodidad. El mismo gesto enfurruñado de sus fotos de niña. Alfonso lo interpreta correctamente y cambia de tema al instante.

–Estás muy guapa hoy –dice en un tono menos expeditivo–. En la foto también. Como una chica de treinta.

Dolores agradece el cumplido. Su cuerpo, paradójicamente, no parece estar de acuerdo. La incomodidad de las sillas la está matando. No cesa de moverse, intentando encontrar una postura aceptable, pero no hay manera. La espalda comienza a estar rígida y siente un pinchazo cerca de los hombros. Intenta que no se note y trata de devolver el halago.

Alfonso sí que aparenta menos edad de la que tiene. Y él es consciente de eso. Su camisa pegada al cuerpo lo evidencia. Nadie las lleva así si no quiere llamar la atención sobre su figura. Es también el modo de moverse, de caminar, como si estuviera orgulloso de lo que ha conseguido con su cuerpo, de ir ganando la batalla a la edad, esa batalla que tarde o temprano le tocará perder. Imagina las horas de gimnasio, la atención a sí mismo. Y, de nuevo, Luis regresa a su pensamiento. Al contrario que Alfonso, su marido se abandonó. Nunca cuidó su cuerpo en exceso, pero en los últimos años menos aún. Llegaron entonces los kilos de más, la cara rellena, la papada, la barriga fofa y la piel flácida. Luis no movió un dedo por mantener su figura. Ella nunca le recriminó nada. Él tampoco mencionaba nada si ella engordaba, si se dejaba de teñir o si decidía no acicalarse como antes. Me gustas igual, le decía, estés como estés. Y a ella también le gustaba él. El chico fornido con barba y pelo largo del que se enamoró, pero también el hombre cada vez más voluminoso y con menos pelo con el que comenzó a envejecer. Porque ella nunca se ha guiado por la apariencia. O eso siempre se ha dicho, aunque lo cierto es que, por mucho que aquel cuerpo contuviese la memoria del cuerpo que había deseado, poco a poco el deseo se disipó. Al fin y al cabo, es lo que sucede cuando se abandona el cuerpo y se deja marchar.

Alfonso aún no lo ha dejado ir. Dolores imagina el esfuerzo y valora esa lucha contra lo inevitable. Ella hace tiempo que claudicó.

–Hay que tratar de conservar esto hasta que ya no sea posible –concluye él. Y sirve un poco más de vino a Dolores, que comienza a estar ya un poco mareada, pero con esa ebriedad naciente que lo hace todo algo más feliz y placentero. Si pudiera mantenerse así para siempre, si ese estado no caducase...

Al salir del restaurante, encuentran la lluvia. Alfonso no ha traído paraguas. Ella, previsora, despliega el suyo y lo sitúa sobre los dos.

–No te vuelves a casa así –asevera él.

–No pasa nada. Estoy bien.

–De ningún modo. Te vienes a mi piso. Al menos hasta que amaine un poco. Estamos cerca.

–De acuerdo –concede Dolores–. Pero solo si tienes un sofá cómodo. Me está matando la espalda.

–El más cómodo.

Caminan juntos, agarrados estratégicamente para no mojarse. Durante los minutos que se prolonga el paseo, Dolores se siente a gusto. Nota el cuerpo de Alfonso. Sus manos fuertes. También la dureza de sus músculos. Sus brazos torneados.

Al llegar al apartamento, pregunta por el baño. La lluvia siempre incrementa sus ganas de orinar. También el vino y el agua que ha bebido. Necesita, además, unos segundos para calibrar la situación. ¿Qué está haciendo exactamente? ¿Es consciente de las implicaciones que tiene subir a esta casa después de la cena? Hace siglos que no se produce esta situación en su vida, pero no es ingenua. Sabe lo que puede suceder. Aunque, en realidad, lo que desea ahora más que nada es sentarse en el sofá y calmar su espalda.

Cuando sale del aseo, Alfonso la está esperando en el salón. Se ha cambiado de camisa y aún no ha terminado de abotonársela.

—Estaba empapado. Si quieres, te puedo dejar algo.

—Estoy bien. Iba por el lado de dentro del paraguas.

Alfonso le ofrece una copa. Ella prefiere una infusión.

—Puedes curiosear todo lo que quieras —dice él. Y se dirige a la cocina a preparar las bebidas.

Dolores se deja caer en el sofá y siente cómo todos sus huesos se recolocan. Desde ahí observa lo que tiene a su alrededor. La amplia mesa de cristal en el centro, las sillas metálicas con el respaldo blanco, la lámpara de arco sobre el sofá de cuero gris, los cojines rojos, la alfombra mullida bajo sus pies..., todo parece calculado y pensado, como salido de una revista de decoración. Se está a gusto. La calidez perfecta. También la temperatura y el tono de la luz.

Se fija en los cuadros y en las fotografías. Una de las esquinas se asemeja a un museo.

—Es como vivir en una sala de exposiciones. —Alfonso

deja sobre la mesa la bandeja con la infusión, una botella de whisky y dos copas con hielo–. Muchos son regalos. O pagos por textos de catálogos.

Dolores se sorprende al encontrar allí algunas de las fotografías que ha visto en los libros del Archivo.

–Están mejor aquí –dice Alfonso–. Las considero un préstamo de exposición. Creo que esta es la mejor. –Señala a la pared más alejada del sofá.

Dolores se levanta para verla con detenimiento. Un gran paisaje en blanco y negro que inmediatamente le recuerda un cuadro romántico. El plano aéreo de las grandes montañas cubiertas por las nubes la deja embelesada durante unos segundos. La potencia sublime de la naturaleza, en todo su esplendor.

–Es hermosa –admite.

–Es de la última exposición de Sebastião Salgado en la región. La compró la Comunidad. Pero luego se quedan por ahí perdidas en el despacho de algún consejero que no las sabe apreciar. Aquí está mejor.

–¿Eso es legal?

–Está mejor aquí, créeme.

Dolores no insiste. Regresa al sofá. Deja escapar un pequeño suspiro de placer al sentarse. Ella misma es consciente de que suena a otra cosa:

–Lo siento. Me matan las sillas incómodas de los restaurantes.

Alfonso se sitúa junto a ella.

–Puedes gemir así todo lo que quieras. No seré yo quien te diga que bajes la voz.

Ella sonríe. Está cansada y también nerviosa. Él toma su mano, la acaricia y se la lleva a los labios. Ella suspira de nuevo, más suave, casi como un sonido reflejo. Se miran. Están muy cerca. Es en ese momento cuando Alfonso la atrae hacia él y la besa. Siente su lengua, rugosa, con el sabor metálico del alcohol. Por un momento se deja llevar y relaja los labios.

Los brazos de Alfonso bajan por su espalda. Es una segunda primera vez. No está preparada, piensa. Pero su cuerpo parece acompañarla. Al menos durante un tiempo. Ella corresponde al abrazo y se aprieta contra él. Lo besa y lame su lengua con lentitud. Sin embargo, cuando él introduce las manos bajo el vestido y las posa sobre sus muslos, su cuerpo se cierra de golpe y deja de acompañar a los movimientos de Alfonso, que, sin embargo, no parece tener la intención de frenar. Es una batalla sutil. Dos cuerpos combatiendo.

Las manos de Alfonso aprietan sus nalgas. Sus dedos se hunden en la carne. El cuerpo de Dolores se inclina ligeramente hacia atrás, como intentando escapar de esa acción.

–Perdón –acierta a decir.

–¿No te gusta?

–Sí..., pero prefiero que...

–Tranquila –susurra–. No pasa nada.

Y vuelve a acercarse a ella. Después, sus manos regresan a las nalgas y acarician sus muslos. Ella aguanta un poco más. De reojo, observa su erección. Él la muestra orgulloso. Su pantalón a punto de explotar. Aprieta contra sí el cuerpo de Dolores como intentando que ella sienta su dureza. Dolores mira hacia otro lado y trata de zafarse. Él se acaricia ligeramente su miembro y se lo acomoda para que su presencia resulte inevitable.

Sus manos vuelven después a los muslos de Dolores. Ella las nota subir poco a poco con la intención clara de llegar a su sexo, como si fuera una especie de cima que debieran alcanzar por todos los medios. Las imagina como dos serpientes reptando por su cuerpo, tratando de dar caza a su presa. Logran esquivar los pantis y con destreza bajan por el interior hasta alcanzar las bragas de encaje.

Escucha el suspiro de Alfonso cuando finalmente introduce su mano bajo las costuras y acaricia su pubis. Intenta aguantar, buscando que su cuerpo se acomode a la situación, violentándolo ella también. Por eso resiste y continúa esa lucha que para Dolores hace ya mucho que no es un juego. Sin embargo, cuando siente los dedos de Alfonso tratando de invadir el interior de su sexo, le agarra con fuerza la mano y se levanta de golpe del sofá.

–Lo siento –logra decir–, no puedo. Me tengo que marchar.

–¿Qué? –Alfonso la mira con una expresión entre la incredulidad y la rabia.

–Lo siento, de verdad, me marcho.

–No lo entiendo.

–Lo siento –repite ella.

Eso es lo único que se le ocurre decir. Se lo dice también a su figura en el espejo del ascensor, mientras se arregla el vestido y trata de recomponerse antes de salir a la calle. Lo murmura entre dientes mientras camina bajo la lluvia con paso apresurado hasta el coche y se empapa los zapatos. Y lo dice también mientras conduce camino a casa, en plena madrugada, sin apenas poder ver la carretera, con la lluvia azotando el parabrisas y el agua anegando el asfalto. Lo siento, se dice. Pero ¿qué es lo que siente? ¿A quién se lo dice? ¿A Alfonso, que se ha recompuesto y la ha acompañado a la puerta en silencio? ¿A ella misma, que ha llevado su propio cuerpo al límite? ¿A Luis, a quien no puede quitarse de la cabeza por mucho que lo intente? A ninguno y a todos a la vez.

Lo único que ahora desea es llegar pronto a casa. Ha sido imprudente subiendo al apartamento. Ha sido imprudente también yéndose de allí y subiendo al coche en esas condiciones. Alfonso no iba a abusar de ella. O eso supone. Aunque es cierto que no ha frenado a pesar de sus señales.

Tampoco ella lo ha forzado a parar. La lucha ha sido contra él y también contra ella misma.

No es, en cualquier caso, buen momento para aclarar las ideas.

La situación en la carretera requiere de toda su atención. La lluvia crece en intensidad. Ella continúa algo ofuscada por el alcohol. Ha podido llamar a Iván, pero no quería importunarlo. También ha podido buscar un hotel y esperar a que pasase el temporal. Pero esta noche solo quiere llegar a casa, quitarse el vestido y los tacones y tenderse en la cama.

El trayecto se le hace eterno. Parece que hubieran alargado la carretera. La salida de la autovía no acaba de aparecer nunca. Y cuando por fin la toma y distingue al fondo las luces del pueblo, el tiempo se ralentiza aún más, como si el coche hubiera dejado de moverse hacia delante o la casa hubiera sido trasladada varios kilómetros más lejos.

Al llegar, se toma un ibuprofeno y cae en la cama agotada por la tensión. Le duele la cabeza, la espalda y también la mandíbula. No ha dejado de apretarla en todo el camino. Apaga la luz y se mete bajo las sábanas. El estruendo de la lluvia cayendo sobre el tejado parece un terremoto. Trata de cerrar los ojos y recuperar la respiración. Ha conseguido llegar. Está en su casa. Aquí nada podrá lastimarla.

Al girarse en la cama, percibe con claridad la presencia del vacío junto a ella. Abre los ojos en la penumbra y mira desafiante. En realidad no hay nada concreto ahí. Una oscuridad aún más oscura. Con determinación, alarga su brazo hasta atravesarla. Siente la vibración, el vello erizado.

—¡Déjame tranquila de una vez! —exclama a la nada.

Se vuelve a girar, suelta la mandíbula, relaja el cuerpo y aguarda a que el sueño la alcance.

V. Veneno

1

La despierta el trueno. Se asoma a la ventana. Llueve con violencia. No ha cesado en toda la noche. Se viste con lo primero que encuentra y baja a comprobar si ha entrado agua en el estudio. Todo parece estar a salvo. Tan solo se ha colado una poca bajo la puerta. Toma una de las toallas del baño, la dobla y la encaja allí a modo de barricada; es lo que debería haber hecho cuando llegó anoche. Trata de secarlo todo y se asoma después al garaje. Allí sí ha llegado el agua, algo más de un centímetro. Afortunadamente, excepto el coche, no hay nada apoyado en el suelo. Ha vuelto a tener suerte. Confía en que pronto deje de llover.

Sube de nuevo al salón y enciende el televisor. «Otra DANA en apenas tres meses. Llueve sobre mojado», dice el locutor. La expresión ha dejado de tener gracia.

En el noticiario, las imágenes se repiten. El pueblo anegado. La avenida, el restaurante del puerto, las tiendas. Los contenedores e incluso los coches, como si fueran de papel. La rambla, una vez más, desbordada, un río violento que recorre con furia las calles. Se queda hipnotizada con uno de los vídeos que aparece en bucle mientras el locutor no cesa de lamentarse. Una máquina excavadora demuele el

205

muro del paseo marítimo para salvar las casas y para que el agua llegue cuanto antes al mar. Sin paseo, lo que se ve es ya todo lo mismo. Una superficie sin límites. El agua marrón, sucia y fangosa de la inundación, fundiéndose con el agua salada del mar. El pueblo en el mar. O el mar en el pueblo. El pueblo a la deriva.

Aunque es temprano aún, telefonea a Iván.

—¡Quédate ahí! —le ordena, igual que lo hizo hace unos meses. También en ese momento sintió que su hijo estaba a salvo en la ciudad, que ese era un lugar seguro. En todo caso, más que el pueblo, que comienza a ser un terreno peligroso, como esos edificios ruinosos a punto de derrumbarse.

—¿Necesitas algo? —le pregunta él.

—No te preocupes. No se te ocurra venir. Estás mejor ahí.

Llama también a Teresa. A ella sí que le ha entrado el agua en casa. Otra vez. Al menos ha tenido tiempo de poner los muebles y todos los enseres en alto.

—Toda la mañana sacando agua. ¡Qué desastre!

Dolores le ofrece su ayuda y ella se lo agradece. Por fortuna no está sola, le cuenta. El amigo de Alfonso, Raúl, al que conoció cuando cenaron en la ciudad, lleva varios días allí y está echándole una mano.

—Ya ves, se viene a pasar el fin de semana y mira lo que se encuentra. Se va a hinchar a quitar barro.

Las palabras de Teresa tranquilizan a su cuñada. Y al mismo tiempo, sin saber muy bien por qué, le generan un sentimiento cercano a la envidia. Con qué rapidez se recompone la vida de los demás. Qué desenvoltura para escapar de la soledad y encontrar un punto de apoyo. También a ella le gustaría ahora tener a alguien a su lado. Alguien que la ayudase a mover los muebles de la casa del pueblo —menos mal que pospuso la compra tras la inundación de septiembre– y a secar el suelo, pero sobre todo alguien que le dijera no te preocupes, no pasa nada, has tenido suerte, la casa está bien, tu hijo está bien, todo está bien. Pero allí no hay nadie para consolarla. Así que es ella quien tiene que decírselo a sí misma, casi en voz alta. Has tenido suerte. Mucha suerte. También la noche anterior, conduciendo en medio de la tormenta. De haber tardado unas horas más, el agua podría haberse llevado el coche por delante.

Ahora, con más calma, examina la situación, y su imprudencia. Lo ocurrido con Alfonso de pronto le parece lejano. No sin importancia, pero sí fuera de lo que en ese momento requiere su atención. Lo único que tiene claro es que, por un tiempo, preferiría no saber nada de él. Por eso cuando recibe el mensaje del móvil –«Espero que estés bien. Tenías que haberte quedado»–, responde con un lacónico: «Estoy bien. Gracias.»

Durante toda la semana, las lluvias continúan en el pueblo. Los daños son, otra vez, imposibles de calcular. Pero lo peor es el abatimiento, casi contagioso, que se respira. Ya no es siquiera la rabia, sino la impresión de que todo se desploma nuevamente, que la piedra de Sísifo vuelve a rodar ladera abajo. Una vez más, las aguas de la rambla van a parar al Mar Menor. De nuevo, la ruina. Ruina sobre ruina. Lo comprueba cuando tiene la oportunidad de salir y nota el fango bajo los pies. La humedad, el frío, el tono marrón de las calles.

Ofrece su ayuda a los vecinos. Ella y todos. La soledad que siente en casa se transforma en la calle. Allí nadie está solo. Eso al menos la consuela. En medio del desánimo, el aliento. Y eso es precisamente lo que ella necesita fotografiar. Los vecinos, las familias, la sensación de compañía. Y no solo el fin o la ruina. La vida que late y se sobrepone al desastre.

Es lo que esta vez aparece en las fotos que toma en cuanto deja de llover y el agua se lo permite. Se siente como una fotógrafa de otra época, documentando la fuerza del pueblo. De la comunidad de la que ella forma parte y de la que, en ese momento, se siente orgullosa. Lo advierte desde el principio, pero lo tiene claro al final de la semana. Las persianas subidas, el regreso a la vida. El restaurante del puerto, el de la plaza, la librería, el supermercado junto a la iglesia. La capacidad de volver a levantarse, una y otra vez.

Aquí estaremos, repiten los vecinos, las veces que haya que estar. Habrá quien venda, quien se vaya, quien ya no pueda más. Pero otros aguantaremos. Y mientras resistamos, se mantendrá la vida. A pesar de la incertidumbre. Habrá que vivir con eso. Y luchar para que no vuelva a suceder. Esa es la sensación que también atraviesa a Dolores, el convencimiento de que vivir ahí es habitar un presente transitorio, efímero, inseguro. La toma de conciencia de la fragilidad.

Uno de los días que sale a fotografiar el pueblo reconoce a lo lejos a la hija del amigo de Clemente. Ascensión, cree que era su nombre. Aún recuerda la conversación sobre el anciano, el desasosiego que le causaron sus palabras e insinuaciones. De repente, la asalta la necesidad imperiosa de hablar con ella. Pero hoy no desea interrumpirla. Equipada con una manguera, la mujer trata de limpiar el mobiliario de uno de los restaurantes de la plaza. Observa la escena desde lejos. Las mesas y las sillas de metal apiladas. El barro resistiendo a la presión del agua. Una pequeña ciénaga marrón en el suelo.

Sospecha que a Ascensión no le agradará formar parte de la imagen y espera a que entre en el bar para fotografiar ese bodegón ruinoso. Imagina cómo sería un daguerrotipo de esa escena. Cuando todo pase y abran las carreteras, visitará a Clemente y le pedirá prestado el material. Está decidida a probar ella sola. Aunque estos días lo que pretende retratar es la vida. El daguerrotipo captura otro tipo de tiempo, la duración, el tiempo condensado, pero no detenido. Los dos son imprescindibles y cada objeto requiere uno. Pero esta semana, por alguna razón, necesita dar cuenta del tiempo explosivo del instante. Lo siente especialmente cuando revela el material y vuelve a ver allí los gestos de apoyo y la fuerza impetuosa de los cuerpos, que se levantan frente a la tristeza e insuflan aire a la adversidad. El empuje de la multitud en mitad de la catástrofe.

También esa semana abre una y otra vez su cuenta de Facebook esperando la respuesta del hijo de Clemente. Durante días el mensaje continúa como no leído. Una tarde, sin embargo, se fija en que el icono ha cambiado:

«Visto 6 de diciembre.»

Ahora solo falta que quiera contestar.

2

Desde el principio, advierte que el anciano no está bien. Lo encuentra debilitado, con la respiración cansada y la voz ronca. Las gafas nasales ya forman parte de su rostro y la máquina de oxígeno se ha integrado del todo en el mobiliario de la casa, que, de repente, se ha convertido en un hospital. Las tabletas de pastillas sobre la mesa, el vaso de agua, el aparato de la tensión. Y sobre todo la indumentaria. La bata, el pijama y las zapatillas. Es la primera vez que lo encuentra de esa manera, por mucho que la bata oscura de seda parezca una gabardina y el pijama de franela gris un traje de calle.

Responde con monosílabos a las preguntas de Dolores, contenido y distante en todo momento. Ha ido a visitarlo para comprobar cómo sigue, pero también pretende preguntarle dónde podría hacerse con un equipo de daguerrotipia –cámara, placas, cajas de revelado, productos químicos...–. Está decidida a seguir tomando imágenes capaces de condensar el tiempo.

Clemente le proporciona las señas del taller de Jávea al que encarga las placas y también los químicos.

–La cámara y las cajas puede tomarlas de aquí. Bueno, también todo lo demás.

–No quisiera estropear nada.

–Mire, se lo regalo todo. No creo que lo pueda volver a utilizar.

Lo dice en un tono seco que no se corresponde con la generosidad de las palabras. Dolores agradece el gesto, aunque no logre entender aún su frialdad. No tiene que esperar mucho para encontrar el origen de su actitud:

–¿Por qué tuvo usted que contarle nada?

–¿Cómo dice?

–De los inquietos. Ha estado aquí su... amigo –se demora en esa palabra– y me ha preguntado por la foto del libro.

Dolores lo mira estupefacta.

–No me dijo que fuera un secreto –se excusa.

–No lo es. Pero se lo conté a usted en confianza.

–Lo siento mucho –es lo único que se le ocurre decir.

–No quiero saber nada más de ese hombre.

–De verdad, lo siento –repite. E inmediatamente esa expresión la lleva a lo que sucedió hace ya más de una semana en la casa de Alfonso–. No sé por qué ha venido a molestarlo.

Clemente se retira un momento las gafas de oxígeno, como si le incomodaran para hablar, y le cuenta que Alfonso se presentó ayer sin avisar, con varios libros del Archivo debajo del brazo. Venía a hablarle de los inquietos, le dijo. Un compañero suyo estaba interesado en la foto del libro y podría investigarla. Él le respondió que esa foto era tan solo una imagen movida y que eso de los inquietos no era más que una leyenda. Una invención. Y Alfonso no insistió demasiado.

–Porque venía a lo que venía –dice, cada vez más alterado–: la dichosa colección. *Putain!* Me puso el contrato de cesión sobre esta misma mesa –da un golpe fuerte sobre la madera– para que lo firmara.

–No sé qué decir. Es culpa mía.

–Lo mandé al infierno y le dije que no se le ocurriera volver.

Clemente comenta esto ya sulfurado y comienza a toser. Busca el vaso de agua que tiene sobre la mesa. Dolores se lo acerca.

–Es un buitre –continúa–, esperando a que me muera. Pues va a comer tierra.

–Tiene usted razón.

Ella entonces se acerca y toma su mano temblorosa.

–Lo siento, de verdad. No tenía que haberle dicho nada. No imaginaba que...

–Vaya tiparraco. *Connard...*

–Yo... –comienza a decir ella– no lo podía imaginar. Para que luego diga que tengo buen ojo...

–Buen ojo para las fotos. –Clemente deja escapar por primera vez un esbozo de sonrisa. Lo hace sin apenas fuerza. Se vuelve a poner el oxígeno y se concentra en respirar durante unos segundos. Dolores observa el agotamiento.

–Me preocupa usted.

–Pues preocúpese por hacer buenos daguerrotipos. Yo sé defenderme solo.

Clemente llama a Vasil y le pide que acompañe a Dolores a la habitación de fuera y la ayude a cargar en el coche el equipo. Mientras lo recoge todo de la habitación, siente que desposee al anciano de un bien preciado.

–Es un préstamo –recalca ella al despedirse.

–Es lo que usted quiera que sea.

Dolores lo agradece. El gesto de Clemente se ha transformado ligeramente, aunque aún puede percibir el enfado.

—Solo le pido algo —comienza a decir él—: no vuelva a contar nada al idiota de su amigo.

Dolores se marcha avergonzada. Espera a llegar a casa para llamar a Alfonso y pedirle explicaciones.

—Me ha dicho que has ido a presionarlo.

—A presionarlo, dice... Fui a ver cómo estaba y le llevé varios libros. Por supuesto, le pregunté si había decidido ya qué hacer. No quiero que se muera y nos quedemos sin la colección

—¿Y lo que le contaste de los inquietos?

—Mira, Dolores, no sé de qué me hablas.

—¿Es que no ves que está enfermo?

—Lo que está es loco. Me tiró a la cabeza los libros que le regalé y me echó de malas maneras.

—Normal.

—¿Normal?

—No tenías derecho a presentarte así en su casa.

—No te entiendo.

—Que le llevaste hasta el contrato de cesión...

—Le hice una oferta que no hemos hecho nunca en el Archivo y el puto viejo rompió los papeles en mi cara y casi se carga también mi pluma.

—¿Y por qué no lo dejas tranquilo ya de una vez?

—Mira, ¿sabes qué te digo? Por mí se puede morir cuando quiera. Y que lo entierren con su colección de mierda.

Dolores se queda en silencio, sin saber muy bien cómo responder.

—Y tú podías haber hecho algo más —continúa él. Parece que algo se ha destapado de golpe—: Solo te he pedido ese favor y no has movido ni un dedo. Después de todo lo que he hecho yo por ti... Ni me diste las gracias por la entrevista que te busqué; casi tuve que pedirte perdón. Y la otra noche, ¿para qué subiste si no querías nada? ¿Sabes cómo me quedé? Eso no se le hace a nadie. Te doy todo y tú actúas como si siempre te merecieras algo más. Te crees alguien y no eres más que una fotógrafa de pueblo.

Dolores continúa en silencio, sin dar crédito a lo que está escuchando, a todo lo que Alfonso ha acumulado en su interior en tan poco tiempo. No aguanta más esa retahíla de insultos. Quisiera gritarle, como hizo Clemente. Pero respira y solo dice:

—Fin. Adiós.

Se queda con ganas de decirle lo que piensa de él, de la otra noche, de su comportamiento con Clemente. Pero no lo hace. Adiós es suficiente. En ocasiones, piensa, es mejor salir, evitar, olvidar, quitarse de en medio. Y eso es lo que hace. Cuelga el teléfono y en un acto reflejo borra el número.

En realidad, ni siquiera está herida por lo que le ha dicho. Le indigna aún más que haya ido a importunar a Clemente. Eso es lo que realmente le causa pesar.

Vuelve a mirar Facebook. Es casi una rutina. El mensaje sigue en «visto». Eso tampoco puede continuar así. Y decide volver a escribir: «Por favor, es urgente. Su padre está muy enfermo. Quisiera hablar con usted.»

3

Una fotógrafa de pueblo, le ha dicho. Tal vez eso es lo que ella es. Y le gusta serlo. A veces los insultos lo son tan solo para quienes los pronuncian, pero no para quienes los reciben. ¿Qué tiene eso de malo? Luis también lo fue. Un fotógrafo de pueblo. Y estuvo orgulloso de ello.

El estudio fotográfico surgió en parte con esa vocación. Eso formaba parte del plan de Luis. Generar las imágenes que el pueblo necesitaba. Durante más de una década fueron testigos de las alegrías, sueños y acontecimientos importantes de los vecinos. Fotografiaron a niños riéndose, a parejas abrazándose, a familias posando juntas, a jóvenes seduciendo a sus novios y novias. Los aparadores y las estanterías de muchas de las casas del pueblo acogen sus fotos, sus miradas, sus imágenes. Así que, por supuesto, sí, es una fotógrafa de pueblo. No concibe nada más digno. Ojalá todo aquello regresara. Ojalá el estudio volviera a ser ese lugar capaz de forjar una imagen del pueblo. Ojalá Luis llegara de nuevo cargado de carretes y ella se encerrase durante días a revelar aquellas escenas felices, aquellos momentos que marcaron la memoria de toda una generación.

Es precisamente en ese sanctasanctórum, el laboratorio

fotográfico, donde Dolores despliega hoy el material de daguerrotipia que le ha prestado Clemente. Las cajas de madera y vidrio para sensibilizar las placas de cobre plateado, la pequeña máquina pulidora, los recipientes con los productos químicos, incluso la campana reveladora para los vapores de mercurio. No sabe cómo saldrán las imágenes, pero está decidida a intentarlo.

Una daguerrotipista de pueblo, dice para sí. Y esboza una leve sonrisa.

Durante días sigue la misma rutina. Se levanta temprano y sale a caminar por una zona de la localidad, buscando la imagen perfecta. Identifica dos, máximo tres escenas posibles. Después, vuelve a casa, prepara las placas y regresa con la cámara para tomar los daguerrotipos.

Las calles del pueblo, habitualmente silenciosas en invierno, le resultan ahora aún más sombrías. Los restos de fango, el frío cortante del mar. Casi puede escuchar el eco de sus pasos.

Más que nunca, es consciente de que la foto se hace antes con la mirada que con la cámara. Eso es lo que ha regresado a su vida estos meses, la capacidad de ver, de caminar entre tiempos.

Es lo que le sucede cuando se encuentra frente al antiguo balneario junto a la playa. Esa será, sin duda, una de las imágenes. El edificio, de principios del siglo XX, parece una mansión abandonada. Siempre le ha suscitado una extraña melancolía. De niña, lo recuerda repleto de turistas, pero ya decadente y anticuado. Nunca se ha alojado ahí, pero hace unos años, después de que lo reformaran, acompañó a unos amigos de Teresa a visitar las habitaciones. Tuvo la sensación de viajar al pasado. Las puertas de madera pintadas de azul, los azulejos hasta media pared, las cenefas de las baldosas del suelo, los marcos de las fotos, incluso el olor a cerrado. No sabe si fue por la cercanía aún de la muerte de Luis o por el abatimiento ante la enfermedad de su padre, pero en ese momento la poseyó una oleada de tristeza, como si allí también se hubiese estancado el tiempo, algo que contrastaba con la algarabía del patio y la terraza del restaurante, siempre cargados de alegría, en especial durante los meses de verano.

Ahora, el desconsuelo que la invadió en aquellas habitaciones se respira en el aire. A pesar de los intentos por limpiar los efectos de la inundación, los restos de barro lo envuelven todo. El marrón claro del fango, el color de la desolación.

Rodea el balneario y busca el punto de vista preciso, la entrada desde la playa. Cerca de ahí también observa el paseo marítimo. O lo que queda de él. Los bloques de granito caídos, la imagen que vio en las noticias. Tomó un daguerrotipo del mismo lugar con Clemente. Ahora, ese paseo ha desaparecido. Al menos tal y como lo recordaba. Aquellos daguerrotipos ya son historia, imágenes de un tiempo que no coincide con este.

Se fija también en el mar, más encrespado de lo habitual. No hay nadie ahora allí. El cielo continúa nublado y el frío de principios de diciembre no incita al paseo. Con dificultad, encuentra la esquina desde la que puede apreciarse el mar con el pueblo a un lado, el viento meciendo las palmeras.

Cuando regresa con la cámara, inserta la placa y deja el objetivo abierto todo el tiempo que puede, arriesgándose a que la imagen aparezca saturada de luz. Supone que saldrá mal, pero no le importa. Después lo comprueba. La placa muestra una serie de estelas. El movimiento del viento y del agua. No puede evitar pensar en los inquietos. No solo por esa leve agitación del paisaje, también por el envenenamiento y la muerte. Es esa la sensación que poco a poco se apodera de ella, sobre todo cuando en la placa comienza a aparecer la imagen borrosa del balneario, apenas una pequeña silueta que no acaba de formarse, un leve reflejo sobre la superficie.

Algo ha fallado. El tiempo de exposición o la preparación de la placa. La sensibilización con yodo y bromo. O tal vez la cantidad de mercurio para el revelado. Trata de prestar más atención. Vuelve a leer los pasos del documento que le facilitó Clemente. Pero sobre todo intenta recordar exactamente sus movimientos. No se desespera. En su cabeza resuena su advertencia: nada garantiza que la imagen comparezca. Cada vez que una realidad se fija en la placa es una especie de milagro. Y debe entenderlo así.

Bruñe las placas aún con más esmero y procura controlar con mayor exactitud el tiempo de exposición a los vapores de yodo y bromo. Un olor amargo atraviesa la mascarilla y le humedece los ojos. No le importa la saturación de la imagen, pretende que la realidad se fije en la placa al precio que sea. Por eso mantiene la lente abierta más tiempo de la cuenta. Y sobre todo aumenta la cantidad de mercurio y el tiempo de revelado.

Al final de la semana consigue imágenes más nítidas. No son técnicamente perfectas —no tanto como las que reveló con Clemente–, cualquier daguerrotipista profesional las descartaría, pero a ella le resultan bellas. La silueta del balneario. El paseo marítimo. El mar movido. Casi puede distinguir el volumen de las gotas de mercurio sobre la fina lámina de plata que recubre la placa. Tiene la sensación de verlas desplazarse lentamente, como si la imagen estuviera viva y toda la superficie palpitase. Incluso cree oír una leve vibración y acerca el oído a la placa tratando de confirmarlo. Pero lo único que logra constatar es que lleva demasiado tiempo encerrada en el cuarto oscuro y necesita salir de ahí cuanto antes.

4

Durante toda la semana no se le va el dolor de cabeza y por las noches la asaltan pesadillas y sueños absurdos. Lo achaca todo a los vapores del mercurio. También al yodo y al bromo. Debería dosificar la cantidad de daguerrotipos y utilizar una mascarilla especial para paliar el efecto de los químicos. Debe tener cuidado. Se lo advirtió Clemente y ella también lo ha leído. El propio Louis Daguerre sufrió ese dolor de cabeza constante. También experimentó una ralentización del tiempo cercana a la que producen los barbitúricos y, sobre todo, lo invadió una obsesión peregrina, la intuición de que el mundo estaba en su ocaso y todo estaba a punto de acabarse. Una especie de melancolía por su presente que lo atormentó al final de su vida.

Algo similar es lo que ella siente estas semanas. El mareo, la extrañeza física y también la nostalgia por una realidad que constantemente se desvanece. Lo nota con mayor intensidad esta noche. Le cuesta trabajo conciliar el sueño. Por muy fuerte que apriete los párpados, allí continúan las imágenes. Las que ha visto con sus ojos y las que se han posado sobre las placas plateadas. En su cabeza todo se mueve. También su cuerpo se estremece, como si estuviese plegándose hacia dentro, retorciéndose sobre su tronco, como si una oquedad oscura la fuese engullendo hacia el centro de la cama.

No es la primera vez que experimenta algo así. Ha padecido antes esa compresión del cuerpo. Trata de recordar el momento y, rápidamente, comparece ante su memoria. Una noche como cualquier otra. El bizcocho de hachís que trajo a casa uno de los amigos de Luis y que ella, inocente, probó sin conocer el ingrediente secreto. Después llegó el dolor de estómago, el mareo al tratar de dormir y la impresión de que las extremidades se encogen, como si todo se arrugara y el cuerpo fuese transformándose poco a poco en un objeto que se pliega sobre sí mismo.

Hoy regresa con claridad el recuerdo de aquella noche. Por la sensación corporal a la que remite, pero también por todo lo que sucedió después. Nunca, en realidad, la ha olvidado. Entre otras cosas, por la discusión con Luis. Ella no era consciente de lo que estaba comiendo, tan solo tomó una porción mientras todos miraban. Cuando, más tarde, le revelaron la composición, Dolores trató de mantener la compostura e incluso aplaudió la broma. Pero por dentro la consumía la rabia. Aguardó a que todos se fueran para reprochárselo a Luis.

–No imaginaba que te pudiera molestar –se excusó él aún entre risas–. No me digas que no lo has pasado bien.

El enfado tardó más en irse que los efectos de la droga. Menos por el hecho de haber probado el hachís que por la traición. Tal vez ese no sea el término preciso, pero ella lo consideró así. Una traición. Nunca ha soportado no enterarse de algo que los demás saben. Estar fuera de la conversación. Jamás ha tolerado los chistes privados, los comentarios que la tratan como si no existiera. Por eso aquella noche no pudo aguantar la complicidad de los demás. Y quizá por

221

eso, piensa ahora, tampoco digirió la distancia de los últimos años. Sentirse expulsada de la vida de Luis. De sus reuniones, de sus salidas, de sus amigos, de sus concentraciones moteras, de todo ese mundo feliz del que ella jamás pudo formar parte, de ese afán por regresar a un tiempo al que ella no era capaz de acceder.

Esta noche reaparece esa sensación. Y con ella retorna de nuevo la culpa. Es lo que emerge cuando evoca aquellos años. No hay manera de mantenerla a raya. La moto marchándose a lo lejos. Y ella maldiciéndolo por dejarla sola.

Dios quiera que te estrelles.

A veces ha pensado que incluso lo pronunció en voz alta y que él pudo llegar a oírla. Lo último que le dijo, las palabras que salieron de su boca y que, como un conjuro ominoso, convocaron el accidente.

En todos estos años no ha logrado escapar de ese peso. Por el deseo fugaz, pero también por todo lo que vino después. Porque ella sabe bien que ahí está el origen de su cobardía. No se atrevió a mirar a Luis a la cara. Ni en la morgue ni en el tanatorio. No encontró el modo de hacerlo. Y es probable que allí se generase el vacío. El que la acompaña y el que la atraviesa. El que late a su lado y el que la devora por dentro. El vacío también de la imagen. El recuerdo que le falta. El que aún no se atreve a imaginar.

La intuición le ha cruzado la cabeza durante estos meses, aunque nunca se ha parado a pensarlo con detenimiento: cada última imagen es también la imagen de Luis. Cada rostro ajeno contribuye a dar forma a su rostro ausente. Quizá por eso dijo que sí el primer día a Clemente. Y quizá por la misma razón ha continuado fotografiando estos meses. Para intentar llenar esa imagen vacía.

La reflexión adquiere esta noche la forma de una maraña. Un ir y venir de pensamientos y recuerdos. Y, sin embargo, quizá por el efecto de los productos químicos –o, quién sabe, por todo lo que ha sucedido estas semanas–, los hilos de esa madeja comienzan a desenredarse. Y mientras trata de conciliar el sueño, los vapores la llevan a esa tarde que tantas veces ha intentado olvidar. Regresa al pensamiento que la ha atormentado todo este tiempo. Lo revive con especial intensidad. El deseo bilioso. Ojalá te estrelles. Ojalá el día se te atragante. Ojalá se rompa tu felicidad. Ha ido agigantándose todos estos años. Se ha extendido en la memoria como un virus, contaminando todo lo demás. Pero esta noche, por fin, es capaz de percibir el verdadero alcance de ese deseo fugaz. Es apenas una mota de polvo, una mancha insignificante en la historia. Un momento de rabia, un pensamiento efímero. Nada más. No puede culparse por ese instante, por desear que no la dejaran sola con su tristeza. Hoy, por primera vez en todos estos años, sitúa ese pensamiento en su lugar, le otorga el espacio que merece. Y, también por primera vez, siente desvanecerse durante un momento el vacío que la acompaña. Aunque todo se mueva y se contraiga a su alrededor. Aunque el cuerpo siga vibrando y encogiéndose por el efecto de los químicos. Ella es capaz hoy de mantenerse firme, como si hubiera encontrado al fin un punto fijo al que aferrarse.

Durante esos días no olvida a Clemente. Lo llama por teléfono y descubre su voz cada vez más apagada. Según la informa Vasil, aunque continúa estable, cada vez le cuesta más respirar.

La última llamada la deja preocupada: el médico ha decidido ingresarlo en el hospital. La insuficiencia es más grave de lo que pensaban y tendrá que permanecer algunos días allí vigilado.

Al colgar, Dolores abre instintivamente la aplicación de Facebook y vuelve a mirar el último mensaje que le envió al hijo. Sigue en «visto». Lleva así más de una semana.

No quiere meterse ahí. Nadie la ha llamado. Pero no puede evitar escribir:

«Su padre está en el hospital. Por favor, necesito hablar con usted. Este es mi número de teléfono. Es muy urgente.»

Ese mismo día, antes de acostarse, encuentra en el móvil el icono rojo de la notificación de Facebook. El mensaje es breve y conciso:

«Estimada señora: de mi padre no quiero saber nada. Por favor, deje de escribirme.»

5

Lo ha pensado mucho antes de presentarse esta mañana en el bar y preguntar por ella al hombre que atiende en la barra. Ascensión sale de la cocina. La reconoce. Se acuerda de ella, claro, la fotógrafa. Le dice que espere un momento, que no tiene problema en charlar con ella. El bar suele vaciarse a media mañana y seguro que dispone de un hueco dentro de un rato.

Dolores se sienta en una de las mesas de metal cerca de la puerta y la espera ante un café bien cargado. Ha pasado la noche dando vueltas y se ha dormido prácticamente al amanecer. El mensaje del hijo de Clemente la desveló. «De mi padre no quiero saber nada.» ¿Qué debe de haber ocurrido para que un hijo hable así de la persona que le dio la vida? En el duermevela y aún con el mareo y el aturdimiento extraño de los últimos días, Dolores recordó el encuentro de hace unos meses con la hija del amigo de Clemente, sus palabras cerca del puerto: pregúntele por qué está tan solo. No ha parado de elucubrar durante la noche. Y esta mañana, sin tener aún demasiado claro lo que estaba haciendo, ha decidido caminar en dirección al bar frente al que el otro día la vio fregar sillas y mesas.

Sigue preguntándose qué hace ahí mientras el primer sorbo de café le quema el paladar y tiene que pedir un vaso de agua para aliviar el escozor y el gusto amargo que se le ha quedado en la boca. Se lo pregunta también cuando Ascensión sale de la cocina y se sienta frente a ella tras desanudar el lazo trasero del delantal con una sola mano.

Dolores evita cualquier preámbulo y, sin dejarle casi tiempo de saludar, le recuerda la conversación que tuvieron a finales del verano y lo que le insinuó acerca de Clemente.

–Sabía yo que antes o después se cansaría usted –le responde ella, como si la hubiera estado esperando durante tiempo–. Parece una mujer sensata.

Dolores le explica que ha tratado de hablar varias veces con Clemente acerca de su familia, pero nunca ha obtenido respuesta.

–Por supuesto que no. Cómo le va a contar a usted lo que hizo.

–¿El qué?

–Lo de su mujer.

–¿Cómo?

–Lo del veneno.

Dolores la interroga con la mirada y la mujer comienza a hablar sin titubear un segundo:

–Pues que parece ser que encontraron varios frascos de veneno entre la medicación que tomaba la pobre. Dicen que murió de cáncer, pero no me extrañaría nada que el loco la hubiera envenenado.

Dolores sigue callada, sin saber cómo reaccionar, retorciendo el sobre de azúcar que no ha utilizado con el café. Ascensión mira hacia la barra y, cuando el camarero parece verla, señala hacia el vaso de agua de Dolores y pide uno para ella. Después, continúa su relato como si estuviera en algún programa de testimonios:

226

–No lo sé porque no lo he visto, también se lo digo. Pero lo que sí vi fue lo que pasó cuando acompañé a mi padre al velatorio. Nunca he presenciado una situación más incómoda. En el tanatorio hasta me dio pena el hombre. Eso era, claro, porque no me olía yo aún la tostada. El hombre solo, en una esquina de la sala. Y en la otra, el hijo y la nuera, que vino la mujer cargada con las dos hijas desde Francia. Parecían dos familias distintas. Hasta se turnaban para acercarse al cristal. La gente no sabía a quién tenía que dar el pésame.

El camarero se acerca con un vaso de agua y lo deja junto a la mujer. Ella lo agradece y se lo bebe prácticamente de un trago.

–Después del funeral –continúa–, se llevaron las cenizas y ya no han vuelto a pisar España. Eso me lo contó mi padre. Me dijo que el anciano quedó muy herido, aunque prefería no hablar de eso. Aseguraba que no había hecho nada malo. Tan solo había tomado una foto. Decía que era un malentendido y que por eso le habían robado a su mujer. Luego me enteré de que el hijo se llevó las cenizas para guardarlas en Francia, en el pueblo de su madre, donde tienen el panteón familiar. Me lo contó uno de los primos, que habló con ellos antes de que se marcharan a Francia. Él fue quien me dijo lo del veneno, que el hijo se lo había insinuado a él.

Dolores escucha casi sin pestañear. Por un momento, se imagina desde fuera, con el rostro inmóvil, como una estatua.

La mujer se echa un momento hacia atrás en la silla de metal y parece tomar aire:

–Sé que no le gustó a usted lo que le dije cuando la vi en el puerto. Pero es que ese hombre nunca me ha dado buena espina, ¿entiende? Con mi padre se portó bien, no lo voy a negar. Charlaban de viajes y de historia. Un buen amigo, decía él. Aunque lo de las fotos de muertos... –duda–

a mí siempre me pareció una cosa de locos. De estar enfermo. Y esa enfermedad tenía que salir por algún lado. Yo no sé si la foto que le hizo a la mujer fue la causa de la discusión o si habría algo más. Lo que sí sé a ciencia cierta, como le digo, es lo que vi en ese entierro. El odio en la mirada del hijo y la nuera. La distancia. Eso se sabe. Eso se nota. ¿Qué debe de haber hecho un padre para que un hijo no lo perdone ni siquiera en el entierro de su madre? Cuando me contaron lo que me contaron lo entendí todo.

Dolores continúa un instante más en silencio y de modo automático le da un sorbo al café. Nota el último trago ya frío, con la sacarina concentrada en el fondo de la taza.

–¿Está usted segura de lo que dice? –le pregunta al fin.

–Segura de lo que vi. Y la podría poner en contacto con el primo que me contó lo que pasó si el pobre Manolo aún estuviera vivo. De todos modos, no sé por qué se mete usted en esto.

Dolores se encoge, tuerce el gesto y eleva ligeramente los hombros.

–Yo tampoco –contesta. Y, tras unos segundos, resopla y recalca–: La verdad es que yo tampoco.

Y en el fondo eso es lo que realmente piensa, que no tiene claro por qué se está metiendo ahí. Lo piensa cuando se despide de la mujer tras agradecerle su paciencia y continúa en su mente cuando cruza la puerta del bar y emprende el camino a casa. Aunque lo que comienza a hacer mella en su cabeza mientras atraviesa las calles del pueblo es el relato que acaba de escuchar. No se quita de encima la imagen del frasco del veneno. No puede evitar que el flujo del pensamiento la conduzca inmediatamente hacia los inquietos.

El veneno y la fotografía.

Intenta que la imaginación no se le dispare. Pero no encuentra el modo de controlarla.

6

Necesita hablar con él, tratar de aclararlo todo. Eso fue lo que concluyó anoche al acostarse y lo que no la ha dejado dormir, lo que lleva en la cabeza desde que conversara con Ascensión y lo que trata de formular mientras conduce esta tarde hacia el hospital de Santa Lucía. Le sigue dando vueltas cuando sube al ascensor y pulsa la planta tercera, cuando recorre el pasillo y busca con la mirada la habitación 323, cuando, con sigilo, abre la puerta y encuentra a Clemente tendido en la cama, en medio de un amasijo de tubos y cables.

Él voltea la mirada al verla entrar y frunce los labios. Ella lo interpreta como un gesto de resignación. Vasil, sentado en un sillón junto a la cama, se levanta y la saluda extendiéndole la mano.

Dolores se queda unos segundos sin saber muy bien cómo actuar. Todo lo que había pensado decir acaba de frustrarse. El discurso que había preparado, incluso la manera en que lo había ensayado: ya sé que son habladurías y no tendría que hacer caso, pero necesito que usted me lo cuente, que me diga que todo es mentira, que no tengo de qué preocuparme... Todas las frases que bullían por salir y ahora no encuentra el modo de emplear. Ni siquiera atina a encontrar palabras nuevas para romper el silencio. Afortunadamente, Vasil se adelanta:

–Está mejor. Lo ha dicho médico. Fatiga es delicada, pero pondrá bien. Solo necesita reposo.

Dolores se sienta junto a la cama. Percibe ahora en su mirada un gracias por haber venido o, acaso, un no hacía falta que acudiera. También vislumbra una cierta vergüenza en el gesto. Clemente, siempre tan acicalado y elegante, ahora, con la barba descuidada, el pijama azul mal abrochado, el pelo sucio y despeinado..., es otra persona. Ha dejado de ser un anciano para convertirse en un viejo. Ella misma se sorprende empleando ese término en su mente.

El televisor de la habitación está sintonizado en el canal autonómico. La mujer joven que acompaña al enfermo de la cama contigua parece atenta a la pantalla. Dolores se queda unos segundos con la mirada perdida en el programa de entrevistas, sin identificar muy bien lo que está viendo. Funciona como una especie de pecera, un entretenimiento que evita la conversación innecesaria. También una manera de salvar la situación.

Ella busca el modo de ocultar su inquietud. Cree conseguirlo.

–No se preocupe –dice–. Saldrá usted pronto de aquí.

–Con los pies por delante –balbucea él. Dolores tiene que acercarse para oírlo. La voz se pierde.

–Al menos mantiene el humor.

Él sonríe. Al verlo así, no puede imaginar que ese hombre haya hecho nada de lo que le contó Ascensión. Es un hombre bueno, piensa. Podría jurarlo ante cualquiera. Lo ha sido con ella. Lo descubre en su rostro. Precisamente por eso necesita que él lo refute todo, que le diga que nada es verdad. Vacila durante unos segundos. Tiene la pregunta en la punta de la lengua. Pero decide guardar silencio. ¿Cómo va a importunar ahora a Clemente y dar crédito a las habladurías de una desconocida? Desde luego, no es el momento. Y, sin embargo, la incertidumbre la ha poseído. Habita dentro de ella y no puede sacársela de la cabeza. Debe saber, tiene que hacer algo, lo que sea, para saber.

Es entonces cuando, de modo inesperado también para ella, se le ocurre comentar que le gustaría continuar perfeccionando la técnica del daguerrotipo y que necesitaría algunas placas más. Sabe que Clemente guarda aún bastantes y quizá las podría utilizar. Él asiente ante la pregunta y le hace un gesto a Vasil, girando la muñeca con el puño levemente cerrado, como si estuviera abriendo una cerradura.

–Claro, yo le doy llave –contesta Vasil.

Dolores permanece un rato más en la habitación, tratando de fingir que todo está bien. Le habla a Clemente de los daguerrotipos que ha tomado, de los errores en el proceso del revelado y de cómo solo al final consiguió unas imágenes decentes. El anciano la mira con atención e interés, como si eso que ella cuenta para entretenerlo fuese, en realidad, lo único que ahora importa.

Cuando comprende que ya ha pasado el tiempo suficiente para que no resulte descortés marcharse de allí, mira el reloj y se despide de Clemente.

–Vendré a verle pronto –dice posando la mano en su hombro.

Los ojos del anciano se humedecen. Dolores apenas escucha sus palabras de agradecimiento.

Vasil la acompaña a la puerta de la habitación mientras manipula un llavero que guardaba en el bolsillo. A Dolores se le pasa por la cabeza mencionarle algo de lo que ha venido a preguntar hoy a Clemente, pero, antes de que ella comience a hablar, él cierra la puerta de la habitación y ya en el exterior la informa:

–El señor no está bien. Médico dice que no aguantará mucho así. Oxígeno no llega a sangre.

Ella quisiera confesarle que le ha escrito al hijo y que ha contestado que no quiere saber nada de su padre, pero lo nota tan afectado que decide no contarle nada. Guarda las llaves que Vasil ha conseguido sacar de las anillas del llavero y le asegura que las devolverá pronto.

–No hace falta –repone él–. Tengo copia en mi casa. Quédesela. Usted es como hija.

La recibe el perfume de Clemente, esa mezcla de madera mojada y líquido revelador que impregna todos los rincones de la casa. Es lo que echó en falta en la habitación del hospital. Ahora, sin embargo, el olor envuelve su cuerpo, como si el anciano continuara sentado en el sillón de la sala de estar. Allí es donde Dolores se detiene ante el gran daguerrotipo que cuelga de una de las paredes. Clemente lo retiró cuando Alfonso visitó la casa; después regresó a su lugar. Se acerca a la imagen y permanece unos minutos examinándola, buscando el ángulo preciso para evitar su propio reflejo. Puede demorarse en todos los detalles. Un daguerrotipo perfecto, nítido, como un grabado a buril. No sabría decir cuándo fue tomado. Gisèle –no ha olvidado el nombre de la esposa– tendría ahí unos treinta años. El niño en brazos, cuatro o cinco.

La imagen cobra ahora un significado diferente. Lo que sabe, lo que le han contado, transforma su mirada. Eric, el niño, lejos de ahí, con otra vida que desea proteger. Y Gisèle, la madre, también lejos. En el tiempo y en el espacio. Le sorprende no haber visto ninguna fotografía mortuoria de ella. Recuerda el álbum que le mostró Clemente. Allí no estaba Gisèle. Al menos, Dolores no reparó en ella.

Accede al cuarto que acoge la colección de fotografías, esa especie de museo doméstico que tanta incomodidad le generó con Alfonso. No ha estado nunca sola ahí. Siente sobre su cuerpo la mirada de las imágenes que la rodean. Los ojos sin vida de los difuntos, cámaras de vigilancia que custodian la intimidad.

Logra escapar mentalmente del acecho de las imágenes y se fija en los álbumes apilados sobre la mesa que preside la estancia. Son los mismos que Clemente le mostró. Aunque tiene todo el tiempo del mundo y está segura de que nadie la va a interrumpir, vacila unos segundos antes de sentarse. No puede evitar el temor a ser descubierta. Al final, decide acomodarse en el sillón y examinarlos. Descubre ahí a los amigos del anciano. Un registro de amistad, le dijo el día en que visitó la tienda. Las personas importantes de una vida. Casi todos hombres. Muy pocas mujeres, muy pocos jóvenes. Es grande la cantidad de allegados que perdemos a lo largo de una vida. El amor y la amistad siempre llevan aparejado el duelo futuro. Por eso hay quien decide dejar de amar a los demás, por miedo a perder. Tal vez ella ha sido una de esas personas. Al menos en los últimos años. En eso piensa mientras revisa con esmero las páginas del álbum y no encuentra a Gisèle por ningún lado.

Abre después la puerta del armario en el que Clemente guarda eso que denominó «archivo del fracaso» y tampoco allí encuentra nada: solo fotos borrosas, dañadas, encuadres inadecuados, pero nada parecido a lo que ella busca. Porque ¿qué es lo que busca realmente? ¿La figura inquieta de Gisèle? ¿Un signo de su cuerpo muriendo frente a la cámara? No se atreve a formularlo. Teme incluso pensarlo.

Lo que sí encuentra en ese armario es el rostro movido del anciano, el daguerrotipo que ella tomó no hace tantas semanas. Parece que haya pasado una eternidad. Por todo lo que ha sucedido después, pero en especial por la imagen, que remite a un tiempo remoto, como si se hubiera formado sola en la superficie de la placa de cobre.

Esa es la única imagen en la que aparece Clemente. Le resulta insólito que un fotógrafo profesional no conserve recuerdos personales. ¿Dónde están los viajes, el pasado, la memoria? ¿Dónde está la familia, Gisèle, Eric, la vida..., la muerte?

Continúa explorando, ya transformada para sí misma en una especie de detective. Por un momento, se concibe como una espía que registra una casa para encontrar el documento escondido, pero también se siente como una intrusa que fisgonea y traiciona la confianza que un amigo ha depositado en ella. Lo comprueba sobre todo cuando sube a la segunda planta e irrumpe en la habitación de Clemente. Nada más abrir la puerta, la envuelve con más intensidad el perfume. Una presencia densa que la amedrenta. El olor también vigila.

El gran armario frente a la cama es lo primero que llama su atención. Un organizador de madera como los de la colección. No está cerrado con llave. Nada lo está. Eso la tranquiliza. Es una señal de que Clemente no guarda secretos, un pensamiento que la relaja y al mismo tiempo la hace sentirse aún más culpable por invadir su intimidad.

Allí es donde encuentra a Gisèle. A la mujer y al marido. También al hijo. La familia, el pasado. Descubre todas las fotos, ordenadas por años, en pequeños sobres, junto a los negativos. Es lo que esperaba de alguien tan metódico. También eso la deja respirar algo más tranquila.

Examina las fotos de pareja. Hay algo especial en el modo de mirar a la cámara cuando el fotógrafo y el modelo están enamorados. Ella lo sabe. Guarda muchas de esas imágenes. Ella mirando a Luis o Luis mirándola a ella. El objetivo de la cámara como el ojo del amado. La máquina como vehículo del afecto.

El Mar Menor. No distingue bien de qué playa se trata. Cree que alguna de Santiago de la Ribera. Le suenan los arcos del hotel del fondo, pero no lo sabría identificar con seguridad. Tal vez fuera el viaje de novios. El mate de las fotos la conduce a otro tiempo. Su infancia. Quizá Clemente y Gisèle fuesen algunos de aquellos turistas franceses que ella veía de pequeña. Se demora en esas fotos felices.

De repente, comienza a aparecer el hijo. El embarazo, el bebé. Y todo se vuelca hacia él. En casa, en la calle, sobre un caballo, en un carrito. ¿Adónde ha ido a parar todo ese amor y ese cariño? Casi siempre es Clemente quien se encuentra detrás de la cámara, mientras Gisèle custodia al niño. Pero también él aparece en las fotos, acompañándolos. Él con Eric o incluso él solo posando ante un paisaje. Con toda seguridad, Gisèle disparó la cámara en más de una ocasión.

Con el paso de los años, las fotos se espacian. Sobre todo, las del hijo. Apenas localiza alguna de la adolescencia. El hijo con un balón. El hijo jugando al fútbol. En la juventud, las personas se repliegan, ella lo ha comprobado con Iván. También disminuyen poco a poco las fotos de Gisèle. En general, todas las fotos comienzan a espaciarse, como si la fotografía y la pasión por vivir fueran de la mano y en un momento determinado todo hubiera comenzado a aquietarse.

Al tiempo que explora las fotografías y se detiene en algunas escenas, en su cabeza empieza a componerse algo parecido a una película de la vida de Clemente y Gisèle. Le pone imágenes a algunas de las historias que él le ha contado. Marsella, la casa, el estudio fotográfico... Es una vida feliz, como esa que aparece en el Facebook de Eric. Quizá porque la fotografía familiar es siempre feliz. Piensa también

236

en el contraste: estas fotos de vida, frente a las imágenes de duelo. En el fondo, ambas hablan de lo mismo, de lo que ya no está. Aunque en estas se respire la felicidad y en aquellas otras la pena. Las dos son documentos de un presente en el límite de su extinción.

Continúa curioseando. Hay cientos de negativos. De la vida, sí. Pero ninguno de la muerte. ¿Es eso lo que busca? Registra todos los cajones de ese armario. Y, ya que está, también busca en el guardarropa, en los cajones de la mesita, incluso debajo de la cama por si hubiese alguna caja, algún indicio de algo. Pero no encuentra nada más que la ropa de Clemente. Pañuelos doblados, calcetines, camisetas interiores..., una vida privada en la que ella no debería haber irrumpido. Ese es el convencimiento que comienza a poseerla. De modo que decide detener la búsqueda. Seguro que hay más en la casa, pero tampoco la va a poner patas arriba. Ella no es una detective. Bastante ha hecho ya hurgando en la intimidad de quien le ha confiado las llaves de su hogar.

No hay nada, respira aliviada. Nada de lo que buscaba. En realidad, temía encontrar algo inesperado, lo que fuera.

Antes de salir de allí, casi de modo involuntario otea la habitación por última vez por si se le hubiese escapado algún detalle, algún rincón, algún armario...

Y es entonces cuando lo descubre, cuando se fija en aquello que ha tenido demasiado cerca para ver. Le da un vuelco el corazón y tiene que apoyarse unos segundos en el quicio de la puerta para asimilarlo.

La ventana al fondo, las cortinas, la decoración de la moldura, el cuadro sobre la cama...

Reconoce esa habitación.

Aunque no le gusta hacer fotos con el móvil, toma varias instantáneas del espacio. Ojalá esté equivocada, se repite. Algo le dice que no.

VI. El otro lado

1

Tal vez sea una mera confusión, los hogares contemporáneos son todos iguales. Eso es lo que tiene en la cabeza mientras conduce de regreso a casa más veloz de la cuenta, pisando el acelerador como si algo la persiguiera. La sensación de verse como una investigadora privada ha dejado paso a una urgencia real que la quema por dentro, una inquietud y una incertidumbre que necesita resolver cuanto antes.

Ni siquiera cierra la puerta del garaje al llegar. Entra a toda prisa en el estudio y abre el armario en el que guardó el libro de Clemente para quitarlo de su vista. El olor a madera húmeda y líquido revelador se ha condensado allí y se le mete en los ojos. Cuando alcanza el libro, la prisa desaparece y el tiempo se frena. Ahora teme abrir la última página. Titubea durante algunos segundos. Pero al final se atreve. Y ni siquiera necesita comparar la reproducción del daguerrotipo que clausura el libro con la fotografía que ha tomado con el móvil. Está claro. Ha cambiado la disposición, la ropa de la cama y las cortinas. Pero la estructura es la misma. La moldura de escayola. También el mobiliario. Las mesitas de madera. Incluso el pequeño cuadro sobre el cabecero de la cama, un paisaje impresionista que le recuerda a la montaña de Santa Victoria y las pinturas de Cézanne.

También comprueba el punto de vista. En la foto del móvil y en la reproducción del libro. Inconscientemente, ha tomado una imagen semejante. El mismo encuadre. Quizá el más lógico. La mayor diferencia la aprecia en la cortina y la persiana. En su foto están abiertas. En el daguerrotipo permanecen cerradas, oscureciendo la habitación. No tiene que cavilar demasiado para entender por qué: en una larga exposición la leve fluctuación de la luz natural afectaría a la definición de la imagen.

El flujo de pensamiento es rápido y fugaz. Apenas un segundo. Porque, nada más abrir el libro y enfrentarse a la foto, se levanta de un respingo y comienza a caminar por la casa, tratando de procesar lo que acaba de comprobar. No hay que ser un detective para atar cabos.

A los pocos minutos, telefonea a Teresa y, consciente de no estar hilando bien las palabras, trata de contárselo todo, como si, al narrarlo, de algún modo el asunto adquiriese realidad.

—Tranquilízate —la apacigua ella—. Es tremendo, sí. Pero todo eso ya ha pasado. Tú no puedes arreglar nada. ¿Qué vas a hacer? ¿Denunciarlo?

—No. Es otra cosa.

Por supuesto que es otra cosa. Lo que siente, lo que le duele, lo que la altera. La decepción. El engaño. Tampoco lo sabe bien. Ahora mismo no tiene claro absolutamente nada.

—¿Y el hijo? —insiste Teresa.

—No hay manera de que responda.

—Alguna habrá, digo yo.

Es ella precisamente quien le sugiere la idea. Al principio, duda. Pero, en cuanto cuelga, piensa que tampoco pierde nada por probar. Fotografía la última página del libro y la envía adjunta por Facebook al hijo de Clemente. Lo hace poseída por la intriga y la urgencia. Solo más tarde, algo más tranquila, acomodada en una esquina del sofá, con una taza de tila caliente y la mirada perdida, imagina a Eric abriendo el archivo digital y leyendo su escueto mensaje:

«He encontrado esto en un libro de su padre. Por favor, necesito hablar con usted. Aquí tiene de nuevo mi teléfono.»

Teme entonces la respuesta del hijo: métase usted en sus asuntos.

Ahora mismo, le daría la razón.

2

La respuesta que temía, o una muy similar, es la que llega al día siguiente:

«Señora, por favor, deje de incordiarme. No sé qué pretende enviándome esta foto.»

Ha pasado toda la mañana con el móvil en las manos, acomodada en la silla baja que guarda detrás del mostrador del estudio, entrando una y otra vez en la aplicación de mensajería de Facebook.

Cuando finalmente llega la notificación, apenas tarda unos segundos en abrirla. Se fija en el punto verde junto a la fotografía de perfil de Eric. Según le explicó Iván, eso quiere decir que la otra persona está activa en la aplicación. Es la primera vez que le sucede. Lo tiene allí, casi puede sentirlo al otro lado. Si la hubiera llamado por teléfono podría oír su respiración.

Dolores le escribe inmediatamente y se disculpa una vez más por entrometerse en su vida. Mientras teclea en la pantalla del móvil no quita la vista del puntito verde, como si su mensaje solo tuviera sentido si es recibido en tiempo real. Al final de la disculpa no puede evitar escribir: «Usted sabe quién es la figura borrosa de la foto, ¿verdad?»

El hombre tarda en responder unos segundos que se le antojan eternos: «Esa imagen me hace daño.»

Dolores le pide perdón una vez más. «De verdad que siento mucho todo esto», contesta. Lo siente de veras. Es bien consciente de la incomodidad que está causando la conversación.

Todo parece tamizado por los colores vivos y la apariencia lúdica de la aplicación del móvil. Aun así, mantiene los dientes apretados en todo momento y, tras la disculpa, le cuesta encontrar la fórmula para continuar. Quizá porque ella misma se debate entre preguntar y guardar silencio. ¿Va a dar crédito a las habladurías de una desconocida? Ella, siempre tan justa, tan educada, ¿es capaz de incidir en algo que sabe que causa dolor?

Sus dedos escriben solos. Y, mientras lo hacen, tiene la impresión de que la pregunta es un latigazo:

«¿La envenenó?»

La respuesta es inmediata:

«¿Quién le ha dicho tal cosa?»

Dolores duda un instante.

«Una vecina...», comienza a escribir. Y después, con esa misma sensación de que algo o alguien dirige su escritura, le habla del día del entierro, de lo que Ascensión le contó que vio en el tanatorio y lo que el primo dijo que habían encontrado entre los medicamentos, el frasco de veneno.

Es un párrafo demasiado largo, pero ella no encuentra ahora el modo de sintetizar. Los nervios la hacen escribir a borbotones y, sin perder de vista un solo segundo el puntito verde junto a la foto y asegurarse de que Eric continúa en línea, también le cuenta en ese mensaje que su padre ha sido bueno con ella, que ha reavivado su pasión por la fotografía, que le ha cambiado la vida y que ella no puede vivir con la duda, que, por favor, necesita conocer la verdad, que la perdone si insiste, pero que tiene que saberlo: «¿La envenenó?», vuelve a escribir.

Y de nuevo se sorprende de ella misma. Por un momento, ni siquiera se reconoce. ¿Quién mueve sus dedos sobre el teclado del móvil?

El hombre se mantiene un buen rato sin contestar. Sigue en línea y ha visto el mensaje. Después, tres pequeños puntos grises ondulan en el espacio del texto como si se tratase de una pequeña ola. Eric está escribiendo. Continúa así unos segundos. Más tarde, se frena. Ella lo imagina en su casa del sur de Francia, molesto, tratando de responder a las impertinencias de una desconocida. El punto verde desaparece. El usuario deja de estar en línea. Dolores supone entonces que todo ha terminado ya. Aun así, permanece sentada en la silla baja del estudio, con la mirada fija en la pantalla del móvil, sujetándolo fuertemente con las dos manos, casi a punto de partirlo por la mitad.

De pronto, en la pantalla brota el mensaje:

«Mire, señora, no sé lo que le habrán contado, pero el único veneno es esa imagen cruel. Eso es todo lo que usted debe saber. Nadie debería morir así.»

Ahora es Dolores la que no sabe cómo contestar. El punto verde parece aún más intenso. Eric continúa allí. A ella la posee la vergüenza y la incomodidad. Es consciente de su impertinencia. Intuye que Eric se desconectará de un momento a otro. Por eso tampoco puede dejar de explicarle en qué estado se encuentra su padre. Al fin y al cabo, si durante varias semanas ha tratado de contactar con él, ha sido para informarle de su situación. «Debería usted venir», concluye. Y aunque también duda si escribirlo, culmina el mensaje: «Nadie debería morir así.»

«Para mí hace tiempo que murió», responde inmediatamente el hombre. Y, tras unos segundos, vuelve a escribir:

246

«Esta conversación ha terminado. Por favor, señora, déjeme continuar con mi vida.»

Ese es el último mensaje de Eric. Después de enviarlo deja de estar en línea. La respuesta de Dolores —«Un padre es un padre»— ya no la lee. Sus palabras se quedan en el limbo digital. Casi puede percibir el eco del mensaje. El chat vacío. La ausencia al otro lado.

Vuelve a entrar a la aplicación varias veces a lo largo del día. Su mensaje sigue sin ser leído. Han de transcurrir aún varias horas para que comience a tomar conciencia de que el intercambio ha finalizado del todo. Continúa desubicada, como si no encontrara el modo de asimilar lo que ha sucedido. La conversación y también su propia actitud, su insistencia, su manera de sonsacar información. Ella no es así. Nunca lo ha sido.

Al menos algo mitiga su malestar: el veneno. Eliminarlo de la ecuación apacigua su desasosiego. El único veneno, ha escrito Eric, está en la imagen. Y eso es más que suficiente. La muerte, en tiempo real, delante de sus ojos.

Es curioso, solo ahora, después de la conversación, consigue formarse esa escena en su cabeza, como si hubiera estado reteniéndola hasta confirmar lo que temía siquiera vislumbrar. No puede evitar darle vueltas a lo que la imagen muestra: la estela borrosa sobre la cama, el cuerpo, el rostro desfigurado sobre el que ahora proyecta la faz de Gisèle. Pero se sorprende especulando aún más acerca de lo que no se ve, el fuera de campo de la imagen: ¿dónde estaba situado Clemente durante todo ese tiempo indefinido, treinta segundos, diez minutos, dos horas, todo el día? Se estremece al imaginarlo allí, detrás del objetivo, contemplando impasible la llegada de la muerte.

Se va a la cama esta noche con un regusto amargo en el estómago y un peso invisible sobre la cabeza. La boca seca, los ojos cansados, una tormenta de arena en torno a su cuerpo. Ni siquiera le presta atención al vacío oscuro que se cierne sobre ella. Su vibración hoy le resulta indiferente.

3

El sonido del teléfono la despierta. Antes de cogerlo se fija en la hora. Las nueve y media de la mañana, se le ha hecho tarde en la cama.

–Una familia ha solicitado un servicio.

Por un momento, Dolores no sabe de qué le hablan. Continúa aún fuera de la realidad.

–Del tanatorio de Santa Lucía –especifica la voz–. Don Clemente no responde al teléfono. Tenía también su número apuntado.

Vacila unos segundos antes de responder. Desde luego, es lo último que quisiera hacer ahora. Pero piensa en la familia que aguarda una fotografía de su ser querido y acepta el encargo. También le anuncia al hombre que esa será la última vez. Lo formula así, casi sin calcularlo, con esas mismas palabras:

–Será la última vez.

El empleado no intenta convencerla de nada. Simplemente le da la razón. Como si ya lo esperara, o como si no acabase de incumbirle en exceso.

La última vez. Ahora mismo no puede tolerar más muerte. Toma plena conciencia de ello cuando, después de aparcar el coche y acceder al tanatorio, se queda sola con el cuerpo de la mujer en la sala gélida. El frío la atenaza desde el principio. Apenas hay gente en el velatorio. Ningún familiar la acompaña. El hijo de la fallecida prefiere esperarla en el exterior.

—Mi madre no hizo muchas migas con los vecinos —se ha excusado, como si tuviera que darle explicaciones—. Así que somos pocos.

La mujer, le ha explicado, ha fallecido a los setenta y seis años. Dolores no sabe a qué edad debió de morir Gisèle, pero no estaría muy lejos. La mira y no puede dejar de pensarlo. Pensar en Gisèle y pensar en la imagen. Y especular también con ese último momento.

Contempla el cuerpo quieto de la mujer que tiene delante y la asaltan todas las preguntas. ¿Se quedó Clemente todo el tiempo frente a Gisèle? ¿Cómo pudo soportarlo? No sabe si prefiere creer que la dejó sola en la habitación o permaneció allí tras la cámara, aguardando a que llegara la muerte.

Le viene a la cabeza la icónica fotografía de las hambrunas de los años noventa: la niña famélica, desnuda y desvalida, acechada por un buitre en una aldea africana. No recuerda ahora el nombre del fotógrafo, pero leyó en algún lado que, al año siguiente de que le concedieran el Pulitzer, acabó con su vida. Tal vez no pudo soportar el peso de la imagen. O más bien el de la realidad.

Así es también como imagina a Clemente frente a su esposa. El fotógrafo, aguardando la muerte, como un ave de carroña. La escena se forma en su mente más como una película que como una fotografía. Una imagen en la que todo se mueve. Todo menos lo único que realmente se movía: la estela vibrante, la supuesta figura de Gisèle, que permanece fija, como una mancha superpuesta sobre la habitación.

Se tortura con esos pensamientos. No puede quitárselos de encima mientras, en la sala callada del tanatorio, estudia el mejor ángulo para la foto. Desplaza las coronas de flores, coloca el trípode a un lado del ataúd, se acerca, se aleja... Su cuerpo actúa de modo automático. Es consciente de eso cuando vuelve a poner las flores en su sitio y no recuerda haberlas movido antes. Lleva ahí un tiempo y no ha cumplido su verdadero cometido. Ha sido irrespetuosa. Nadie va a darse cuenta, por supuesto. Nadie lo advertirá en las fotos. Pero ella sí que lo sabe. Y eso es más que suficiente. Por esa razón, aunque le ocupe algo más de tiempo, se disculpa mentalmente con la fallecida y comienza de nuevo el proceso. Si de verdad es la última foto, debe poner todo su empeño. Se trata de una memoria. Un monumento. Algo valioso. Y eso es lo que ahora se propone hacer. Serena, presente, como la situación requiere, como ha aprendido durante estos meses.

Al despedirse del hijo de la difunta y del empleado del tanatorio, intuye que se está despidiendo también de algo más. Es importante lo que hace ahí, sí. Lo sabe. Pero ahora carece de la fuerza necesaria para seguir.

En el camino de regreso, circula cerca del hospital de Santa Lucía. Ha tenido presente ese recorrido toda la mañana. La posibilidad de visitar a Clemente. Toma la salida de la autovía e incluso llega a aparcar en la gran explanada frente al hospital. Los pensamientos se agolpan en su cabeza. La posee algo parecido a la rabia. Difícilmente podría controlarse si lo tuviera delante. ¿Qué va a hacer, pedirle explicaciones, enfrentarse a él, decirle a la cara cómo pudo usted comportarse como un buitre?

No cesa de menear las rodillas. Se muerde las yemas de

los dedos. Respira fuerte y aprieta con violencia la mandíbula. Su cuerpo batalla por encontrar la actitud adecuada
para entrar en el hospital. Pero, por mucho que lo intenta,
esta mañana no logra dominarlo. Ni el cuerpo ni la cabeza.
Así que, después de unos segundos que se le antojan horas,
arranca de nuevo el coche y emprende el camino a casa. No
es un modo de escapar de los problemas, concluye, sino de
regresar a los suyos. Teresa estaba en lo cierto: en el fondo,
no son sus muertos. No tiene por qué cargar con ellos.

Debe reanudar su vida. Es lo que se dice mientras conduce y toma conciencia de que la vuelta a casa, esta mañana,
con el sol de frente y el frío de diciembre colándose por la
ventanilla ligeramente bajada, es también un viaje de retorno. Presiente que algo se ha clausurado para siempre. Aún
no sabe muy bien qué.

4

Al día siguiente, revela las fotografías que tomó en el tanatorio. Mientras lo hace, permanece en su cabeza la conciencia del fin. Gestos de despedida. Instantes de duelo. Lo percibe cuando lleva las fotografías al hijo de la difunta. Quiere hacerlo bien hasta el último momento. Tan bien como Clemente le ha enseñado.

El anciano... Durante días no puede quitárselo de la cabeza. Tampoco la sensación incómoda de haber evadido una responsabilidad. Aunque le cuesta hacerlo, llama a Vasil para informarse. Continúa estable, a pesar del estancamiento. Difícilmente remontará.

–Ha preguntado por usted –comenta él.

–Dígale que he llamado.

No le resulta difícil ocultar el desasosiego por teléfono. Pero es consciente de que no podría hacerlo si lo tuviera delante.

Los días transcurren rápidos y lentos al mismo tiempo. En realidad, no ha pasado tanto desde que Clemente la llamara a principios de agosto. Poco más de cuatro meses. Un abrir y cerrar de ojos y a la vez un tiempo largo de vida.

Trata de recapitular. No puede soportar más muerte a su alrededor. Ya no encuentra el coraje ni el ánimo. Y, sin embargo, es consciente de que la extraña inquietud de estos meses la ha hecho sentirse viva, despierta, mucho más que en los últimos diez años. Aun así, necesita volver a su cotidianidad. Se obliga a hacerlo. Regresar a su vida. A su estudio fotográfico y a sus días largos esperando en vano la llegada de algún cliente.

Sabe bien que es un resto del pasado, el resquicio de un mundo que ya ha desaparecido. ¿Qué sentido tiene mantenerlo abierto? ¿Cuándo dará por el fin el paso? Estos días el dilema consigue hacer mella en su cabeza. Tal vez el próximo año, comienza a decirse a sí misma. Y ese horizonte poco a poco empieza a convertirse en una realidad.

Esa precisamente es la respuesta que ofrece en la cena de Nochebuena cuando Teresa se lo vuelve a preguntar. El próximo año, anuncia, la decisión está tomada. Y deja zanjada la cuestión. A pesar de que la Navidad no sea el mejor momento para decidir. La sola posibilidad de cerrar ese espacio de memoria la aflige ahora más de la cuenta. Allí fue donde celebraron su primera Nochebuena después de casados. Armaron una mesa grande en la parte interior del estudio e invitaron a toda la familia. Alquilaron un panel de fondo con un paisaje nevado y fotografiaron a todo el que se dejó. Aquellas fueron las Navidades felices. Lo siguieron siendo cuando más tarde nació Iván y todo comenzó a girar en torno a él. Los regalos, los cantos, la ilusión. Fue el tiempo de la alegría y el futuro. Después irrumpió la enfermedad y comenzaron a llegar las Navidades amargas. La que siguió a la muerte de su madre, con su padre achacoso ya en casa. Y sobre todo la que vino después de la muerte de Luis. Esa la ha borrado de su memoria. No hubo cena, ni árbol, ni belén. Lo lamentó por Iván, que al fin y al cabo era solo un niño, pero se dejó vencer por el luto.

A partir de entonces, en esas fechas regresan todos sus muertos. Piensa en ellos más que en ningún otro momento del año. Pero ahora la melancolía ya no la asfixia. Su tristeza no le impide compartir el júbilo de los otros. Como si la memoria de la dicha pasada pudiera por un momento transmitirse al presente doloroso. Sabe que el vacío viene y luego se va, o que se muestra y luego se esconde –porque nunca desaparece del todo–, pero que no anula todo lo demás. Y en estos momentos se permite la sonrisa y algo parecido a la alegría. Es lo que sucede esta noche, en casa de Teresa. Desde que no tiene a nadie a su cargo, celebra la Nochebuena allí, con Iván y con sus sobrinos. Aunque también hay espacio para el recuerdo –sobre todo en el brindis por los que ya no están–, esa cena es un momento de felicidad, el regocijo de estar juntos, la celebración del presente de los que quedan. Más un agradecimiento que un lamento.

Aun así, esta noche hay algo que continúa sin resolver. Por mucho que finja como ella sabe y ponga buena cara a sus sobrinos o festeje los chistes y anécdotas de Teresa. Dentro de ella permanece Clemente. No es su padre, no es su responsabilidad, se dice una y otra vez. Pero no puede dejar de pensar en él. Continúa sin encontrar el modo de asimilar la escena que se ha hecho fuerte en su cabeza: él, de pie, tras la cámara, observando impasible la llegada de la muerte de su mujer. Eso es lo que estos días le ha impedido visitar el hospital. Ignora cómo podría mirarlo a la cara. No sabe qué le diría. Pero lo que sí tiene claro es que no quiere repetir lo que ocurrió con el cuerpo de Luis. El fuera de campo, el vacío, la oquedad en la memoria. No está dispuesta a que vuelva a suceder. Y a pesar de todo no logra evitar el miedo, la posibilidad de que la rabia por lo que Clemente pudo llegar a hacer se vuelva real, se pegue al cuerpo y acabe desvaneciendo el recuerdo del cariño.

Ese temor se hace patente cuando, días después, a media tarde, recibe la llamada de Vasil:

—Debería venir usted... si quiere despedir.

El tono es serio y cortante. Distingue el reproche, la queja por esos días de silencio.

—Lo voy a intentar —contesta.

—No creo que tiene otra oportunidad.

5

No ha querido preguntar el número de habitación, evidenciaría las semanas que lleva sin visitar a Clemente. Así que sube a la tercera planta –eso al menos sí lo recuerda– y trata de encontrarla asomando, confusa, su cabeza por varias puertas hasta dar con la correcta.

Al principio duda, pero, tras unos segundos, reconoce a Vasil en una esquina, repantigado en un sillón de escay y concentrado en la pantalla del móvil, con un chándal que parece un pijama, la barba crecida y el escaso cabello que cubre su calva enredado y descuidado. Cualquiera diría que el enfermo es él. Al verla, sonríe. En su mirada no queda nada del enojo que ella creyó distinguir por teléfono. Apoya el dorso de la mano en la cara y dobla el cuello ligeramente: Clemente está dormido, parece querer decir.

Aunque ahora están solos en la habitación, mantienen la cortina extendida y tiene que acercarse para descubrir el cuerpo de Clemente, cercado por una maraña de cables y conectado al respirador. Apenas tiene tiempo de mirarlo. Vasil le hace un gesto indicándole que salga un momento con él.

–Solo queda esperar –se desahoga en la puerta de la habitación–. Creía que usted no llega.

Esa última frase sí que le suena a reproche. Trata de no tenérselo en cuenta. Sabe que tiene razón.

Le explica que el médico estima que tal vez no pase de hoy. Se está ahogando y los órganos han comenzado a fallar. Se lo dice abatido y con el gesto afligido, como hablaría un hijo. Advierte el cariño en sus palabras. Ella no sabe cómo consolarlo. Le pone una mano en el hombro y lo mira torciendo los labios.

–Baje a tomar algo a la cantina y descanse un momento –le propone–. Me quedo con él hasta que vuelva.

Vasil agradece el gesto y regresa a la habitación a recoger el móvil y la cartera. Cuando se marcha, Dolores acerca una silla a la cama de Clemente y se acomoda en ella con sigilo. Ahora puede observarlo por fin. Parece haber encogido desde la otra vez que lo visitara. Le recuerda a su padre. También él iba haciéndose más pequeño día tras día, como si estuviera apagándose y desapareciendo, como si la vejez y la enfermedad fueran también eso, una desaparición paulatina del cuerpo.

Lo mira y también lo escucha. El pitido constante de la máquina y la respiración entrecortada. Un ronquido que le hace pensar en el estertor que llega justo antes de la muerte. Ella vio morir a su padre. No puede olvidar ese momento. Tiene grabado en su mente esa especie de clic que trastornó el ritmo de su respiración, el momento en que su cuerpo se adentró en otro canal de emisión y se quedó fijo ya en un ronquido jadeante, un cadencioso y leve soplido sordo que se fue extinguiendo poco a poco. Ese no es aún el ronquido que ella escucha ahora. Aquí todavía resuena la vida, la vibración del cuerpo dormido. Pero presiente que pronto llegará ese hálito final, la respiración extinguida y el cuerpo apagado.

Tras varios minutos, Clemente abre los ojos y sus miradas se cruzan. El anciano intenta hablar, pero la voz no le sale del cuerpo. Por la expresión de la cara y la sonoridad de su guturación, lo que intenta decir evoca ligeramente un «gracias».

Dolores le sonríe. Trata de controlar sus gestos. Aunque quisiera, no puede quitarse de la cabeza la imagen del libro. Rememora de nuevo esa escena que no ha visto pero sí ha imaginado. Vuelve a cruzar por su mente la figura inquieta de la fotografía. Y sobre todo vuelve a visualizar a Clemente contemplando la escena terrible detrás de la cámara.

Sin saber cómo escapar de esos pensamientos, Dolores se acerca y agarra su mano. Cuando su padre murió, la mantuvo agarrada hasta el final. Recuerda la noche larga. Durante mucho tiempo conservó esa huella del tacto en la piel, la fuerza con la que él apretó, como si realmente estuviera aferrándose a algún lugar físico, un ancla, un asidero de vida.

Aquella noche la tiene clavada en su memoria. La tristeza, la congoja, pero también la satisfacción de estar a su lado en el último momento. Eso, razona ahora, es lo que no tuvo Gisèle. Ella murió sola. Sin el sostén de la piel, sin una mano a la que agarrarse, mientras Clemente permanecía lejos, en la mirada, en el lado equivocado. Así es como lo formula en su cabeza: el lado equivocado. El lugar de la distancia. La imagen que mata. El tacto que salva.

Se acerca un poco más a Clemente, aprieta su mano y la sacude levemente.

–Aquí –le susurra–, cerca. Y no al otro lado, lejos.

No dice nada más. Pero inmediatamente siente cómo el anciano le devuelve la presión. Descubre también sus lágrimas resbalando bajo la mascarilla de oxígeno. Sospecha que ha comprendido el sentido de sus palabras. Se puede figurar todo lo que ahora pasa por su cabeza.

Siente que hablan los cuerpos. Los gestos, las manos sostenidas, los dedos entrelazados. Dicen todo lo que ella no sabe cómo enunciar. Tal vez también todo lo que él quisiera decir. Las palabras que no llegan, condensadas ahora en el roce de la piel, la leve presión de los dedos, el cuerpo vivo que respira, protege y acompaña.

No sabría decir el tiempo que pasan así. La realidad se ha detenido y solo vuelve a moverse cuando Vasil entra por la puerta de la habitación. Dolores lo mira en silencio y continúa con la mano de Clemente agarrada unos minutos más. No la suelta hasta que, poco más tarde, decide marcharse del hospital.

Eso también lo ha pensado mucho antes de venir: no va a esperar allí hasta que todo acabe. Hay momentos que no está preparada para repetir. Además, Vasil está a su lado. Lo más parecido a un hijo.

–Sostenga usted su mano cuando llegue el final –le ruega al oído–. Es lo único que le pido.

Se despide sin decir adiós. Comprende que sonaría demasiado definitivo. Besa al anciano en la frente y aprieta una vez más su mano. Abraza a Vasil y aguanta las lágrimas.

Antes de salir de la habitación, se gira para mirar de nuevo. No es una escena detenida lo que ve. Allí continúa la vida. Es el tacto quien gana la batalla. La imagen llegará cuando el cuerpo deje de palpitar y solo quede la memoria. Pero hoy el cuerpo resiste. Y su latido, aunque tenue y sofocado, vale más que cualquier fotografía.

Epílogo

El mar ocre sobre el cielo gris. El agua arriba, como una nube opaca, suspendida sobre un plano de aire denso que se expande por el espacio. Es lo que observa a través del visor. La imagen invertida. Un cuadro abstracto, superficies de color, líneas trazadas en el horizonte. Un Rothko de tonos turbios colgado del revés.

Ha salido temprano para fotografiar el mar. Después de una semana, por fin han cesado las lluvias. La tercera inundación en menos de cuatro meses. Gloria, curioso nombre para una borrasca. Todos creían que pasaría de largo. No podía suceder otra vez. Era prácticamente imposible. Pero la tormenta cruzó medio mundo para acabar abatiendo el pueblo de nuevo. Los últimos coletazos antes de disiparse, dijeron los medios. Un latigazo violento que vuelve a destruir lo que a duras penas había comenzado a levantarse.

Todo es fango ahora. Una vez más. El ocre del agua del campo que ha atravesado el pueblo y ha ido a parar al mar. La tierra arcillosa que ensucia las calles y empaña el ánimo, también pardo y apagado. Todo se repite. Un ciclo infinito. Y debajo de esa repetición, de esa catástrofe cada vez más frecuente, la intuición de que el mundo se desmorona. Dolores lo advierte con claridad esta mañana de finales de enero, con el frío y la humedad pegados a la piel. El peso del aire y el color del abatimiento, la arcilla herrumbrada que prácticamente puede masticar.

Ha fijado la cámara de fuelle al trípode sobre la arena. El sol despunta y la playa es un desierto. Los bloques caídos del paseo marítimo todavía no han sido recolocados. A lo lejos, distingue el rumor de las máquinas excavadoras. Los operarios comienzan poco a poco la reconstrucción. En la orilla, una gaviota trata de buscar alimento y no parece encontrar nada. Todavía no han aparecido allí los peces agonizantes. Al menos ella no ha visto ninguno hoy. Presiente que llegarán. Antes o después. Todo está aún bajo la superficie. El mar se ha recompuesto para la imagen. Pero algo lúgubre late allí debajo, sepultado por ese manto marrón que a lo lejos comienza a virar hacia el verde.

Necesita tomar esta imagen. Después de las noticias en la televisión, las fotos de la prensa, los vídeos que estos días no han cesado de llegarle al móvil…, le urge captar eso que supuestamente no puede ser captado. Fijar esa luz a la placa plateada. Para que nada se olvide, para que nada se pierda.

Anoche, mientras organizaba el material de daguerrotipia, volvió a su cabeza Clemente. Todo permanecía allí, desplegado sobre la mesa del laboratorio, en el mismo lugar en que lo dejó hace ahora ya casi tres semanas. También ese día sintió la urgencia y la obligación. Se había prometido no volver a fotografiar a un difunto. Pero cuando Vasil la llamó, experimentó la necesidad inminente de apresar esa última imagen. Por Clemente, pero sobre todo por ella. Eso fue lo que más asombro le causó, el requerimiento interior de guardar para siempre aquello que pronto iba a dejar de ser visible.

Las promesas, se dijo, están para romperlas y formular otras nuevas. Así que ese tercer día del nuevo año, antes siquiera de cambiarse de ropa, sensibilizó con esmero una placa de cobre, armó un chasis y preparó la cámara de fuelle. También antes de salir, y sin pensarlo demasiado, escribió un mensaje al hijo de Clemente: «Su padre ha fallecido esta mañana. Le escribo solo para ponerlo en su conocimiento. Lo siento muchísimo.»

Todavía continuaba sin leer allí el mensaje anterior. No tendría que haberle vuelto a escribir. Al fin y al cabo, había dejado claro que para él su padre había muerto hacía tiempo. Pero consideró que escribir era lo justo, lo correcto. Y, después de enviar el lacónico texto, la invadió una inesperada tranquilidad.

Con esa calma extraña, subió al coche y partió hacia el tanatorio aquel viernes de principios de enero. Y ya durante el camino comenzó a asaltarla la idea de que ese día algo había comenzado a cerrarse definitivamente. Lo supo también al encontrarse con Vasil y abrazarlo con cariño. Él dejó escapar un sollozo. Ella se mantuvo en silencio, tratando de entender exactamente lo que sentía. No era tristeza, ni desconsuelo. Por supuesto, estaba la pena, el lamento por la pérdida de un amigo. Pero latía allí debajo otra emoción más compleja, la misma serenidad paradójica que había experimentado al enviar el mensaje al hijo del anciano, la sensación de que las cosas estaban donde tenían que estar.

Percibió aún con más fuerza esa serenidad cuando se quedó sola en la sala fría, delante del cuerpo. Apenas un rostro. Afilado. La barba peinada. El anciano, de nuevo. Ya no el viejo. Elegante aún, aunque no lo vistieran con uno de sus trajes. Una tela blanca de raso cubría todo su cuerpo. Imaginó que eso no le habría entusiasmado.

Ante el cadáver no la asaltó la congoja. Por un momento, pensó en la coraza, la membrana gélida y rocosa que le envolvía el corazón. Se preguntó si habría regresado. Pero no era frialdad lo que sentía, meditó, sino más bien una quietud insólita, una satisfacción silenciosa. No pudo explicárselo en ese momento, pero lo notó también en su cuerpo: algo físico que se recolocaba, como cuando un hombro dislocado regresa a su lugar. Un lastre pesado escapando de su espalda. Incluso llegó a escuchar el crujido de las vértebras mientras abría el trípode y apostaba la cámara cerca del ataúd. Volvió a mirar el rostro. Era lo único que deseaba capturar. El primer plano de la cara. El resto de la escena le sobraba. Inconscientemente, trató de encontrar el punto de vista del retrato movido que tomó el día en que, por primera vez, él le habló de los inquietos. Todavía no estoy muerto, le dijo él. Ahora sí lo estaba. Y ella confiaba en que la imagen fuera nítida. La efigie perfecta, cuando la vida se detiene.

Dejó el tiempo conveniente para la toma. Cuarenta segundos. Algo más de la cuenta. Aunque la iluminación de la sala era suficiente, tenía que asegurarse de que la imagen se posara sobre la placa.

Mientras la foto se hacía –lo pensó así, «la foto se hace», como si de modo natural la imagen se formase y ella tan solo propiciara el encuentro entre la realidad y su doble–, esa extraña sensación de recolocación física fue tomando forma. Sintió entonces que en esa imagen también se daban cita todas las demás, todos los cuerpos sin vida, incluso aquel que ella no se había atrevido a mirar. La imagen ausente que la había acompañado los últimos diez años, el vacío oscuro que la cercaba y vibraba a su alrededor. Ese día, por alguna razón que tampoco alcanzó a comprender, el vacío comenzó a desvanecerse del todo, como si el cadáver de Clemente funcionase como una especie de atractor extraño, un campo magnético capaz de engullir la culpa y hacerla desaparecer. Ella al menos lo entendió así. El cuerpo sin vida de Clemente era también el cuerpo de todos los que ya no estaban. Quizá fue esa intuición la que provocó la paradójica serenidad en la pena, la sensación de que algo, por fin, había encontrado su lugar.

No se quedó a la incineración. En su mochila también ardía la placa con la última imagen, el último reflejo en el espejo. ¿Por qué tomó solo un daguerrotipo? ¿Por qué no aseguró el recuerdo con otras fotografías? En ese momento no se paró a pensar. Tal vez, se dijo después, buscaba tener una única imagen. Nada más. La última huella de la luz sobre el cuerpo. Una reliquia verdadera.

Por fortuna, la imagen compareció. Una silueta recortada que comenzó a definirse poco a poco. No era perfecta. Pero sí su mejor daguerrotipo. Una imagen luminosa. El brillo de la tela de raso. El leve sombreado de la barba blanca. Y el rostro nítido. Escuálido, pero aún su rostro. Ese cuya mirada observó con generosidad y cariño sus fotos y de cuya boca salieron palabras que hacía tiempo que nadie le decía, ese que despertó lo que tantos años había permanecido dormido. Ese también –y esto desde luego no lo puede borrar– que en el momento decisivo se situó al otro lado de la imagen. Ese a quien agarró la mano y comprendió al fin –o eso es lo que ella prefiere creer– que permaneció en el lado equivocado. El que agradeció con lágrimas el gesto y el perdón. No otro diferente. Sino el mismo. Lo que persistía de él. En realidad, lo único que ha quedado.

Solo entonces, con la placa entre las manos, aún caliente como un cuerpo, Dolores pudo llorar a Clemente. En el hospital le había dicho que era mejor estar cerca que lejos, había intuido que el tacto salva y la imagen mata. Pero, más tarde, pudo comprobar que también la imagen salva, que cuando el cuerpo no está no queda otro remedio que permanecer siempre lejos. Y que la imagen acerca, como una huella que ayuda a habitar la distancia y sostiene en la lejanía. En ese momento lo entendió. Las imágenes calman, cauterizan las heridas. Le dan forma a un vacío, lo nombran, lo hacen visible, pero también protegen de él. En ocasiones, incluso logran apresarlo.

A esa única certeza llegó esa tarde, mientras terminaba de encapsular el daguerrotipo y lo protegía con una delgada lámina de cristal. También esa misma tarde se prometió que volvería a fotografiar, que continuaría la tradición, que ayudaría a los demás a dar forma a ese vacío. Como hizo Clemente durante toda su vida, como ella había logrado descubrir.

Fue poco después cuando Vasil le comunicó que Clemente le había legado la colección de fotografías. La notificación oficial seguramente se demoraría unas cuantas semanas aún, pero él estuvo presente el día en que el anciano firmó sus últimas voluntades y le parecía necesario informarla para que se hiciera a la idea de lo que iba a recibir en los próximos meses.

—Debe usted pensar qué hacer con todo eso –le dijo.

Dolores le agradeció el gesto y, en efecto, en ese mismo momento comenzó a darle vueltas a lo que haría con esa herencia preciada.

Han pasado más de dos semanas y aún no ha tomado una decisión. Se siente honrada, orgullosa de custodiar la tradición, pero ni siquiera sabe cómo podrá conservarla. Lo único que tiene claro es que no la cederá al Archivo Fotográfico. No le dará esa satisfacción a Alfonso.

Ha barajado la idea de convertir el estudio en un pequeño museo. Con la colección de Clemente, pero también con las fotografías de Luis y las suyas propias. Esa es la propuesta que más entusiasma a Iván, que se ha ofrecido a ayudarla si al final decide llevarla a cabo. También sería una manera de preservar el estudio y convertirlo en un espacio de memoria. Para ella y también para el pueblo.

Eso podría hacer, sí. Aunque, de momento, no son más que especulaciones. Todavía no ha recibido la notificación oficial y tampoco conoce los trámites ni los plazos. Ya llegará ese tiempo y ya encontrará entonces una solución.

Hoy, esta mañana de finales de enero de 2020, después de varios días de lluvias y del retorno funesto de las inundaciones, no es eso lo que tiene en su cabeza. Mira el mar por el objetivo de la cámara y observa la imagen invertida: el cielo en la tierra, el agua como una nube ocre amenazante. A su lado ya no está el vacío. Después de todos estos años, por fin se ha desvanecido. Hay incertidumbre, sí, pero no vacío. La incertidumbre generada por esta superficie en reposo. La calma después de la tormenta. Y también la que precede al desastre por venir.

Eso es lo que trata de apresar en la imagen y lo que más tarde aparece adherido a la placa de cobre. La quietud que recubre lo terrible. Lo invisible. El aire denso que todo lo envuelve. Y algo aún más tenue que el aire. Un mundo quebradizo, que se agrieta y se despedaza. Todo, bajo ese pequeño mar en calma.

No sabe qué sucederá a partir de ahora, cuándo regresarán las lluvias, cuándo remitirá el desastre o cuándo el mundo conocido se volverá a derrumbar. Lo único que puede predecir a ciencia cierta es que, venga lo que venga, ella encontrará el modo de hacerle frente. No alberga la más mínima duda. Es lo que piensa al final del día, mientras coloca en una vitrina el daguerrotipo del mar sereno junto a la imagen del rostro inerte del anciano: que la vida se detiene, sí, pero que, tarde o temprano, siempre vuelve a moverse hacia delante. Y que, esta vez, de pocas cosas está más segura, ella no se va a quedar atrás.

Lo comprende mejor que nunca ahora, cuando inspira con fuerza por la nariz y siente cómo el aire irrumpe en su cuerpo y llega por fin hasta el fondo de sus pulmones. No queda ya nada allí que se lo impida.

AGRADECIMIENTOS

Nadie escribe nunca solo. Este libro no es una excepción. Durante la escritura de *Anoxia* he tenido la gran suerte de contar con la ayuda valiosa de algunas personas que no puedo dejar de mencionar en estas páginas.

Agradezco las observaciones y sugerencias de Manuel Moyano, Leonardo Cano, Diego Sánchez Aguilar, Silvia Pérez, Antonio Candeloro, Mercedes Alarcón y, por supuesto, de Raquel Alarcón, mi primera lectora. Sus atinados comentarios y consejos han contribuido a mejorar de modo sustancial esta novela. Como también lo han hecho la lectura, el acompañamiento y la confianza de Marina Penalva y Silvia Sesé. No puedo olvidar tampoco las conversaciones mantenidas con Fernando Vázquez y Asensio Martínez sobre la tradición de la fotografía mortuoria. Aunque han sido numerosos los textos consultados sobre este particular, debo reconocer las obras fundamentales de Jay Ruby *(Secure the Shadow. Death and Photography in America,* Cambridge, Mass., The MIT Press, 1995) y Virginia de la Cruz Lichet *(El retrato y la muerte. La tradición de la fotografía post mortem en España,* Madrid, Temporae, 2013; y *Post Mortem. Collectio Carlos Areces,* Madrid, Titilante Ediciones, 2021).

Estoy en deuda de modo especial con Hélène Védrenne y Nina Zaragoza por revelarme la magia del daguerrotipo y permitirme conocer los secretos de su taller de Jávea, y con Paco Gómez por su generosa y meticulosa asistencia en materia de técnica fotográfica. Por último, como no podía ser de otro modo, agradezco de corazón la amabilidad y disposición de los vecinos y amigos de los pueblos del Mar Menor. Su capacidad de resistencia, firmeza y aguante ante el cúmulo de catástrofes –naturales, pero también provocadas por la acción humana– que han devastado –y tristemente siguen haciéndolo– su hogar y su entorno ha sido una fuente de inspiración para este libro. Que su espíritu no decaiga y en su lucha nunca falte el aire.

ÍNDICE

Impreso en
Romanyà Valls, S. A.,
Sant Joan Baptista, 35
08789 La Torre de Claramunt